Kurzprosa aus der Hecke und dem Spind

Geschrieben in
Jahrmarkt und Ingolstadt
in den Jahren
1982 - 2013

Exposé

Die Hecke ist kein Busch und der Spind kein Ort zum Schreiben. Beide wurden hier zweckentfremdet. In der Hecke liegen Dörfer und im Spind Schreibutensilien sowie in aller Eile bekritzelte ölverkleckste Papierblätter.
Ideen – im Dorf zu Papier gebracht und im Brief nach Deutschland geschickt, dann lange vergessen und wieder aus der Schublade genommen.
Ideen – an der Produktionsanlage wie Gehirnblitze entstanden und schnell festgehalten, bevor sie von anderen Problemen, deren es mehr als genug gab, verdrängt wurden.
Hecke und Spind liegen 1000 km auseinander. Alles Erzählte beginnt in diesem Buch in der Zeit zwischen den zwei Weltkriegen im Banat, windet sich durch den bundesdeutschen Arbeitsalltag des ausklingenden 20.- und beginnenden 21. Jahrhunderts und endet in einer Neujahrsnacht des Jahres 2255 in Ingolstadt.

Vita des Autors
Anton Potche wurde 1953 in Jahrmarkt (rum.: Giarmata), Rumänien geboren. 1973 legte er seine Bakkaulareatprüfung am Industrielyzeum für Maschinenbau in Temeswar ab und arbeitete anschließend als Maschinenschlosser. Ab 1984 war er bei Audi als Zerspanungsmechaniker beschäftigt. Heute lebt der Rentner in Ingolstadt. Potche hat viele Beiträge zu gesellschaftlichen und kulturellen Themen sowie Gedichte, Erzählungen und Übersetzungen aus dem Rumänischen in verschiedenen Zeitungen, Zeitschriften, Anthologien sowie im Internet veröffentlicht. 2015 hat er den Roman *Tausend Kilometer westwärts* bei BoD veröffentlicht. Bei Amazon sind von Anton Potche die E-Books *Tausend Kilometer westwärts*, *Kurzprosa aus der Hecke und dem Spind* sowie das Schauspiel *Die Gretchenfrage nach der Gräte* erhältlich.

Anton Potche

Kurzprosa aus der Hecke und dem Spind

Books on Demand

Bibliografische Information der Deutschen Nationalbibliothek:
Die Deutsche Nationalbibliothek verzeichnet diese Publikation in der
Deutschen Nationalbibliografie; detaillierte bibliografische Daten sind im
Internet über www.dnb.de abrufbar.

Erste E-Book Ausgabe: 2014
Zweite (überarbeitete) Print- und E-Book-Veröffentlichung: 2017

© 2017 Anton Potche
Titelfotomontage: Anton Potche

Herstellung und Verlag: BoD – Books on Demand, Norderstedt
ISBN: 978-3-7431-6765-0

Inhalt

Seite

007 - **Die Heirat** - *Erzählung*
010 - **Unbefleckt** - *Erzählung*
013 - **Das Priesterurteil** - *Erzählung*
016 - **Es gibt doch noch weiße Weihnachten** - *Erzählung*
020 - **Das Geschäft** - *Autobiographischer Rückblick*
034 - **Teurer Schlussverkauf** - *Erzählung*
046 - **Zwei Mädchen aus der Nachbarschaft** - *Erzählung*
058 - **Der Datenbeschuss** - *Skizze*
060 - **Omis letzter Wunsch** - *Erzählung*
064 - **Diskussionsrunde** - *Skizze*
066 - **Öfter leben** - *Erzählung*
070 - **Die Frau und das Probezimmer** - *Erzählung*
072 - **Geächtete Liebe** - *Erzählung*
087 - **Brotzeit** - *Erzählung*
094 - **Anklage** - *Skizze*
096 - **Das Gruppengespräch** - *Kurzgeschichte*
100 - **Die Karriere des Julius Lerner** - *Erzählung*
103 - **Der Ventilator** - *Skizze*
105 - **Die Glenn Miller Story** - *Erzählung*
108 - **Ein Lunker wie eine Nadelspitze** - *Erzählung*
114 - **Mein Spezi** - *Charakterskizze*
116 - **Erstes Phantomgespräch**
118 - **Ein verkorkster Urlaubstag** - *Erzählung*
121 - **Zweites Phantomgespräch**
123 - **Leere Meisterbude** - *Skizze*
124 - **Teamwork** - *Charakterskizze*
125 - **Aleea jacta est** - *Erzählung*
130 - **Pyramidenbauer** - *Skizze*
132 - **Erinnerungen** - *Gedankensplitter*
134 - **Heimfahrt** - *Erzählung*
137 - **Die perfekte Idylle** - *Erzählung*
144 - **Das Tagebuch** - *Erzählung*
152 - **Versuch einer autobiographischen Skizze**
157 - **Nachwort**

All jenen gewidmet, die nicht den Mut aufbringen, sich auf den Weg ihrer Träume zu begeben.

Die Heirat
Erzählung

Sie ist schwer, die Bassgeige. Denn sie ist groß, das größte Instrument im Dorf. Und er ist klein, der kleinste Mann in der Kapelle. Aber er muss zupfen. Was soll er machen? Es gibt noch ein paar Groschen. Und er braucht jeden. Sie sind zu viert. Vor einem Jahr waren sie noch zu sechst am Tisch. In dem kleinen Häuschen, strohgedeckt und die Wände gestampft, in der Altgasse.
Matz war erst 15. Er hätte nicht mit frisch gewaschenem Kopf hinausgehen sollen. Es war Februar. Und die Sonne täuschte. Es blies ein kalter Ostwind. Im März wurde er begraben. Der Matz. Er war erst 15. Ja, 15. Man kann es nicht oft genug sagen. Und der Kapellmeister, hat immer gesagt, der wird mal ein guter Musikant. Natürlich hatten sie für die Leicht kein Geld genommen. Er, der Martin, ist schon von Anfang an dabei, mit der Bassgeige, wenn sie Streich spielen und mit den Tschinellen bei Blech. Auch der Matz hat beim letzten Konzert schon mitgespielt. Im Januar. Jetzt liegt er auf dem Unteren Friedhof.
Für die Kathi war das zu viel. Sie ist so gehangen an ihrem Ältesten. Allein hat sie ihn und seine Schwester, die Margret, durchgebracht, als er, der Martin, im Krieg war. Bis hinunter nach Italien hatte es ihn verschlagen. Und die Kugeln haben ihn immer verfehlt. Vielleicht weil er so klein war. Sie war eine starke Frau, die Kathi. Nach dem Krieg sind noch Bärbel und, erst vor drei Jahren, der Hansjerch gekommen. Die Kathi hat's nicht gepackt. Im August spielten seine Kameraden auch für sie ohne Geld, weil er, der Martin, schon von Anfang an dabei war. Neben Matz wurde sie bestattet. Sie hat jetzt ihren Frieden.
Und der Martin trägt die Sorgen in seiner Bassgeige nach Hause. Gut dass dieser Schinken so groß ist. Da haben sie auch alle Platz drin, seine Gedanken. Du brauchst eine Frau im Haus, bedrängt ihn seine Schwester seit einigen Tagen. Hansjerch braucht eine Mutter. Und siehst du nicht, wie verloren die Bärbel herumsteht. Das Mädchen ist erst acht

Jahre alt, und wer weiß schon, wie lange Margret noch bei dir bleibt. Sie ist 16 und hübsch. Ich kann den Kleinen nicht aufnehmen. Das wäre unverantwortlich bei meiner schlechten Gesundheit.

Es ist erst Kathrein. Kathrein sperrt die Geige ein. Martin stellt die Bassgeige in die gute Stube. Neben dem Kleiderschrank ist ihr Platz. Advent. Ruhe über dem Dorf. Und lange Abende. Zeit der Besinnung. Die Not verdrängt die Trauer, ja, lässt sie erst gar nicht richtig zur Geltung kommen. Du musst dir eine Frau ins Haus holen. Martin ist 42 und erfahren genug, um diese für ihn so brutale Wahrheit zu verstehen. Gefühle haben sich der bitteren Notwendigkeit zu unterwerfen. Es sind jetzt zehn Jahre nach dem Krieg.

Zwischen Weihnachten und Neujahr zieht Mrian ein. Der Strohsack im zweiten Bett in der Kammer ist wieder belegt. Und es sind wieder sechs Leute im Haus, weil Mrian nicht allein gekommen ist. Sie hat Hans dabei. Sein Vater ist vor drei Jahren gestorben. Da war der Bub zehn.

Es ist wieder eine Frau im Haus. Und Martin spielt auf seiner Bassgeige. Und die Kinder spielen. Mit Stengelpuppen und miteinander. Und sie werden dabei groß und spielen andere Spiele. Hans spielt mit Bärbel, dem zierlichen sechzehnjährigen Mädchen Und er ist nicht immer zimperlich. Er holt sich gerne, was er begehrt. Und so wächst im Bauch der Bärbel etwas heran, mit dem sie erst gar nichts anfangen kann.

Mrian stellt ihren Bengel zur Rede. Der gesteht und sie ist zufrieden. Dem Martin ist das ziemlich egal. Versorgt ist versorgt. Bärbel wäre gerne groß geworden, mit zum Tanz, in den Kirchenchor und in die Spinnstube gegangen. Nichts da. Das Kind in ihrem Bauch hat ihr das Großwerden vereitelt. Und die Liebe.

Im Februar wird geheiratet. Hans heißt der Mann, Bärbel die Frau. Der Hochzeitsmarsch ist wieder kostenlos, war der Hochzeitsvater doch schon von Anfang an dabei. Im Reich ist der Wüterich mit dem schwarzen Schnurrbart und der Scheitelfrisur seit einem Jahr an der Macht. Acht Jahre später wird Hans bei Stalingrad getroffen. Bärbel ist nur eine

von vielen. Eine Kriegswitwe. Mit zwei Kindern.
 Die Bassgeige steht in der guten Stube. Verstaubt. Seit Jahren ungezupft.

--- --- ---

[2013]

Unbefleckt
Erzählung

Das Hoftor des stattlichen Bauernanwesens war geöffnet. Auf der Straße vor dem Haus hatte sich eine große Menschenmenge versammelt. Einige schauten in den Hof, wo die Kirchweihmädchen den Tisch für die Buben und die Musikanten deckten, andere ließen ihre Blicke in jene Richtung der langen, schnurgeraden Dorfstraße gleiten, aus der man schon Marschmusik vernehmen konnte.

Kirchweihsamstag, der von Alt und Jung so sehr herbeigesehnte Tag war da. Die Kirchweihbuben marschierten schon seit zwölf Uhr durch die Dorfgassen und luden die Dorfbewohner zum Fest des nächsten Tages ein.

Wie üblich fand auch an diesem Samstag das große Vorspiel der Kirchweih im Hof des Vortänzers sein Ende. Hier servierten die Kirchweihmädchen ihren Buben und den Musikanten ein kräftiges Paprikasch und der Kirchweihvater geizte nicht mit dem guten Wein.

Es entwickelte sich schnell, trotz der Müdigkeit der Akteure, eine prächtige Feststimmung an diesem herrlichen Juniabend. Noch bis spät tanzten die Kirchweihpaare auf die flotten Weisen der Blaskapelle. Die Gemüter erhitzten sich im Tanzschritt und so manche Augenpaare glühten im Ausdruck spontaner Gefühlswallungen. Erst auf das Ermahnen des Kirchweihvaters hin begaben sich die Pärchen auf den Heimweg.

Edeltraut war wieder mal das begehrteste Mädchen gewesen. Ihre Reize waren einfach unwiderstehlich. Diese Augen, diese Gesichtszüge, dieser Körper, diese Beine und die Freundlichkeit, dieses ungezwungene Benehmen, diese Geselligkeit ... und trotzdem diese unergründbare Unantastbarkeit versetzten die Jungs in einen wahren Liebesrausch.

Nicht umsonst hatte der Vortänzer sie zu seiner Vortänzerin auserkoren. Dementsprechend hatte er auch genügend Neider, was ihn nur noch stolzer machte. Er ließ Edeltraud auch kaum einen Augenblick aus den Augen, und die schien sich darüber sehr zu amüsieren.

Als er sie aber beim Nachhausegehen begleiten wollte, half alles Zureden nichts. Sie lehnte ihn höflich, aber bestimmt ab und begründete dies damit, dass er am nächsten Morgen schon sehr früh aus den Federn müsse und sie sich keinesfalls fürchte, allein nach Hause zu gehen. Der Kirchweihsonntag begann nämlich schon um die Zeit des ersten Hahnenschreis mit dem Losverkauf.

Mit einem freundschaftlichen Kuss, der ihn zwar beglückte, ihm aber bei Weitem keine Gewissheit über ihre wahren Gefühle gab, war sie auch schon aus dem Hof geeilt und er wagte es nicht, ihr zu folgen.

Außer Sichtweite des Vortänzerhofes schritt Edeltraut langsam im Mondschatten der Häuser dahin. Ihr Herz klopfte, doch nicht aus Angst. Sie war endlich allein, dem Trubel der sich lautstark verabschiedenden Gesellschaft entronnen, allein mit ihren Gedanken. Sie dachte an jenen jungen Mann, von dem einige ihrer Freundinnen schwärmten. Er wohnte seit etwa einem Jahr mit seiner Mutter in einem Häuschen am Dorfrand. Dass er ein Findelkind sei und wahrscheinlich aus einer Zigeunerfamilie stamme, war aber auch schon alles, was die Leute von ihm im Dorf zu erzählen wussten. Edeltraut wusste aber mehr. Sie hatte es durch Zufall erfahren. Er war Student, sprach mehrere Sprachen, war in Sportkreisen ein geschätzter Zehnkämpfer und bei den Studentenpartys ein begehrter Partner. Und sie wusste noch mehr, noch viel mehr. Seine schwarzen, immer leuchtenden, fast wild anmutenden Augen hingen schon einige Male an ihrem Gesicht. Ihre Blicke hatten sich getroffen und für selige Sekunden festgehalten.

Wie angewurzelt blieb Edeltraut plötzlich stehen. Jetzt schnürte die Angst ihr aber doch die Kehle zu. Ihre Brust hob und senkte sich unregelmäßig unter dem straffen BH.

Eine stattliche Gestalt hatte sich aus dem Schatten gelöst und kam auf sie zu. Zwei Schritte vor ihr blieb sie stehen, und sie erkannte ihn: Cornelius, der Mann ihrer Träume.

Sie wollte sich umdrehen, weglaufen, um Hilfe schreien, aber sie stand nur reglos da und starrte in das dunkle Gesicht mit den leuchtenden Augen.

Seine Hand umklammerte zärtlich aber bestimmt ihren zitternden Arm und er sprach mit samtweicher Stimme und edlen Worten auf sie ein. Langsam setzten sie sich in Bewegung und schritten durch die menschenleeren Gassen. Das Dorf hatte sich längst zur Ruhe begeben.
Nur das Bellen der Hunde erinnerte an die Nähe der Menschen. Warm war die Nacht. Millionen Sterne leisteten dem lächelnden Mond Gesellschaft.
Cornelius und Edeltraut hatten das Dorf verlassen. Sie standen im reifenden Weizen und ihre Blicke verschmolzen, ihre Lippen berührten sich und ihre Leiber versanken im Ährenmeer. Nur Mond und Sterne waren verständnisvolle Zeugen der Stillung seit langem aufgestauter leidenschaftlicher Triebe.

- - -

Der schönste aller Junitage war gekommen. Aus heiterem Himmel lächelte die warme Sonne der Menschenmenge zu. Die festlichen Kirchweihpaare näherten sich im Gleichschritt der Kirche. Ein im Forte des Marsches kaum hörbares Raunen ging durch die Menge der Zuschauer. Die Schönheit der Vortänzerin in ihrer Kirchweihtracht hatte alle gebannt.

In dieser Stunde sah die versammelte Dorfgemeinschaft in ihr das Sinnbild ihrer Existenz. Dafür haben sie, die Gemeindemitglieder, gekämpft, gelitten und letztendlich gesiegt, sprich, ihre unbefleckte nationale Identität bewahrt.

Edeltraut näherte sich dem Altar und niemand sah die vereinsamte Träne über ihre glühende Wange rollen. Sie wandte sich der Gläubigenschar zu und begann ihren Kirchweihspruch mit fester, überzeugend klingender Stimme.

Gelobt sei Jesus Christus! / Unbefleckt treten wir vor dich, oh Gott, / Helfer und Beschützer in jeder Not, / Liebesspender für alle Menschen, / Die in Freude und Leid deiner gedenken. / Segne, Vater im Himmel, / Den Strauß, der nach Ahnenwille / Alljährlich beim Feste hierher gebracht / Und auch heute deiner göttlichen Fürsorge bedarf.

- - - - - - - - -

[1983]

Das Priesterurteil
Erzählung

Schweigend stand die Menge im Regenschauer. In perfekter Ordnung und in stillem, wort- und gestenlosem Einverständnis traten die Menschen unter dem Dach der Regenschirme hervor, um die in der Stube aufgebahrte Tote mit Weihwasser zu bespritzen.

Zur Rechten der Bahre saßen, vom Schmerz gebeugt, die Eltern und die Großmutter der Toten, zur Linken saß der Gatte der Verstorbenen, der von der Dorfgemeinschaft zum Mörder Gestempelte.

Ausdruckslose und schon lange tränenleere Augenpaare starrten auf den Sarg. Drei trostlose Tage und Nächte lagen hinter ihnen, seit der Mann hinter der Bahre den Tod ihres einzigen Kindes durch einen selbst verschuldeten Autounfall verursacht hatte. Ohne Führerschein und unter starkem Alkoholeinfluss hatte er seine Frau gezwungen ins Auto zu steigen und war um die Mitternachtsstunde in einen Baum gerast.

Ein Säufer, ein verantwortungsloser Geselle, ein Abtrünniger, ein Mörder, lautete das spontane Urteil der Menschen und so muss auch jenes des Gesetzes lauten.

Dicht aneinander gedrängt standen die Menschen im Hof und vor dem Haus. Niemand sprach mit seinem Nachbarn. Die Menge lauschte in die unheilvolle, von unsagbarer Trauer heraufbeschworene Stille. Nur ein zeitweiliges, kaum vernehmbares, aus der Stube dringendes Stöhnen mischte sich unter das unregelmäßige Aufschlagen der Regentropfen auf die Regenschirme und drang wie ein Pfeil ins Herz der Menge.

Der Totenwagen, gezogen von zwei stattlichen Pferden, fuhr vor das Haus und das schrecklichste aller Gehämmer ließ Männer und Frauen erstarren. Der Deckel des Sarges entriss die Verstorbene den verzweifelten Blicken ihrer Angehörigen. 25 Jahre alt, stand hinter dem Namen der Glücklosen geschrieben.

Der Sarg wurde in den Hof getragen. Der Regen hatte

nachgelassen und der Pfarrer begann seine Pflicht auszuüben.

Trost spenden, das ist die Aufgabe, die ihm von der katholischen Kirche für solche Stunden des Abschieds aufgetragen wurde. Und er sprach. Sanft und würdevoll klangen seine Worte. Worte des Trostes? Wollen die Priester überhaupt trösten oder sind sie sich bewusst, dass es keinen Trost gibt, und suchen darum die Tränen? Die Tränen der Untröstlichen, sie entlasten die Herzen. Und er sprach vom Abschied: Abschied von den Eltern, den Großeltern, den Freunden, den Arbeitskollegen, von allen Anwesenden und vom schmerzlichsten, unbegreiflichsten, doch vom gottgewollten Abschied vom Kind, vom 28 Monate alten Mädchen, das irgendwo bei Nachbarsleuten ahnungslos spielte.

Nur ein Ungenannter durchgeisterte das Leitmotiv der Predigt. Der Gatte der Verstorbenen, der Vater des ahnungslosen, mutterlosen Kindes, der Schuldige dieser unglücksseligen Stunden.

Der Mensch, das menschliche Gefühl für Recht auf Rechtsprechung des Menschen hat den Priester, den Würdenträger höchster Instanz, dazu veranlasst, sich selbst zu widersprechen.

Wenn die Unschuldige sterben musste, weil für sie die Stunde des göttlichen Rechenschaftsberichts geschlagen und Gott sie frühzeitig zu sich bestellt hat, war der Schuldige ihres Ablebens nicht das Werkzeug, das Mittel zu ihrer Abberufung? Darf ein Priester diese göttliche Vorsehung missachten? Darf er dem Menschendünkel erliegen, wenn er theologische Beweggründe zu einer anderen Standesaufnahme der vorliegenden Tatbestände hat?

Er brachte es tatsächlich fertig, das von der Menge erwartete „Abschied vom Gatte" nicht auszusprechen. Der Urteilsspruch des Menschen über den Schuldigen hat, allen theologischen Rücksichtnahmen über den göttlichen Beschluss zum Trotz, obsiegt und lautete, wenn auch nicht ausgesprochen, auf schuldig.

Der Widerspruch liegt offen auf der Hand: Gott hat es gewollt, aber sein Stellvertreter vor den Menschen verurteilte sein Mittel zum Zweck nach menschlichen Maßstäben. Von menschlichen, unzerlegbaren Gefühlen des primitiven Anspruchs auf Be- und Verurteilung geleitet, verurteilte der Priester in seiner Ansprache den Schuldigen und klagte ihn mittels des Verschweigens seiner Existenz sowohl des vorsätzlichen Mordes als auch der Gottlosigkeit an. Er merkte nichts von dem Zweifelsanstoß, der sich im Aufbau seiner Totenpredigt angebahnt hatte. Auch die Menge, die zwar das Nichterwähnen des Gatten bemerkt hatte, begriff den dadurch entstandenen Riss in dem theologischen Zusammenhang der Predigt nicht, weil ein gemeinsames Gefühl des Mitleids einerseits und des Vergeltungsbedürfnisses andererseits die Menschen völlig mit dem Priester übereinstimmen ließen.

In bedrückender Stille zog der Begräbniszug, man nannte ihn im Dorf die Leicht, auf den Friedhof. Nur das Knarren des mit Blumenkränzen überhäuften Totenwagens war zu hören. Das Kirchhofsglöcklein empfing die Tote mit seinem schrillen, kindlich fein klingenden Geläut.

Die Zeremonie am Grab war kurz und das letzte Lied des gemischten Chores entlockte den schwer geprüften Eltern noch einmal einige Tränen.

Die Sonne erschien hinter einer Wolke und der Sarg verschwand im dunklen Grab. Die Menschen beugten sich in derselben perfekten Ordnung über die Grube und warfen kleine Erdbrocken auf den Sarg zum Zeichen der letzten Ehrerbietung, bevor sie den Heimweg antraten.

Der Himmel hatte sich entwölkt und die untergehende Sonne warf ihre warmen Strahlen auf die zurückgebliebenen, vom Schicksal gebeugten Angehörigen der Verstorbenen.

--- --- ---

[1982]

Es gibt doch noch weiße Weihnachten
Erzählung

„Heuer gibt es wieder keine weißen Weihnachten", hörte Hansi Großvater sagen. In dem warmen Stübchen begann es allmählich zu dämmern und Hansi hatte Mühe, die kleinen Legosteine richtig zusammenzubauen. Auf seiner Baustelle unter dem Tisch, der in der Mitte des Zimmers stand, war es schon Abend geworden.

„Wo bleibt nur Vater? Wenigstens heute, am Heiligabend, hätte er mit dem Fünfuhrzug kommen können", sagte Mutter leise.

Hansi spürte die Traurigkeit, die in ihrer Stimme mitklang. Warum kommt Vater auch nicht nach Hause? Im Vorjahr hatte er doch an Heiligabend eine Tüte Orangen mitgebracht.

Großvater suchte am Radio einen Sender. Das grüne Licht über der Senderskala - Hansi nannte es das Auge - zwinkerte unermüdlich. Die Flamme warf durch die Luftlöcher des Ofentürchens gespenstische Gestalten auf die Wand. Unter dem Tisch war es mittlerweile Nacht geworden und Hansi lehnte an einem Tischfuß.

„Es ist 17 Uhr Weltzeit. Sie hören Nachrichten der Deutschen Welle." So klang es aus dem Radio. Hansi lugte unter dem Tisch hervor und konnte auf der alten Wanduhr mit dem runden, nimmermüden Pendel gerade noch erkennen, dass es 6 Uhr war. Er traute sich aber nicht, Großvater zu sagen, dass der im Radio sich versprochen hatte. Die alte Wanduhr, mit ihrer vertrauten Ticktack, ging bestimmt gut. Das wusste er ganz genau. Nur war er sich seiner Kenntnisse der Uhrzeit doch noch nicht ganz sicher. Erst als es schon sackdunkel war, erhob sich Mutter und legte ihr Strickzeug weg, obwohl die Stricknadeln schon lange in ihrer Kleiderschürze ruhten.

„Ich werde das Nachtmahl vorbereiten", sagte sie, während sie an den Schalter ging und endlich das Licht einschaltete.

Hansi gab die Baustelle auf und gesellte sich zu Großvater ans Radio. Aus dem Gerät klangen Weihnachtslieder. Eines von ihnen hatte er vor einem Jahr in der Dorfkirche gehört.

Als hätte Großvater seine Gedanken erraten, streichelte er ihm über das weiche Haar. Und seine Stimme klang traurig: „Heute Nacht wird kein Kirchenchor mehr singen und auch im Turm werden keine Musikanten blasen."

Hansi verstand nicht recht, was Großvater damit meinte, aber er spürte, dass es etwas mit den Veränderungen zu tun haben musste, die um ihn herum stattgefunden hatten. Im vorigen Jahr waren an diesem Nachmittag noch Helga und Christian da, die Nachbarskinder. Sie waren damals alle im großen Wohnzimmer und hatten unter dem beleuchteten Christbaum mit den Geschenken vom Christkind gespielt. Jetzt war das Wohnzimmer dunkel und kalt, und alle wohnten zusammen in Großvaters Stübchen. Hier war es so gut warm. Nur der Christbaum war heuer viel kleiner geraten. Auch die neuen Nachbarskinder waren nicht gekommen. Großvater meinte, die könnten ja doch nicht mit ihm spielen, weil sie nicht Deutsch könnten und er noch nicht Rumänisch.

Draußen begann der Hund zu bellen. Das Gassentürchen quietschte in den Angeln. Vater kam endlich von der Arbeit. Er sah müde aus, aber seine Augen glänzten. Er hatte ein Kilogramm Orangen und ein Kilogramm Salonzucker gekauft. An seinem Mantel fehlten zwei Knöpfe. Die hätte er im Kampf um seinen Platz in der Menschenschlange verloren, erzählte er der Mutter. Hansi verstand wenig davon. Es war ihm auch völlig gleich, was Vater mit dieser Schlange meinte. Wichtig war, er hatte Orangen, und einen Salonzucker durfte er sogar vor dem Abendmahl essen.

Nach dem Essen zündete Mutter die Petroleumlampe an, weil um 20 Uhr der Strom immer abgeschaltet wurde. Hansi stieg in sein Kinderbett, das jetzt im Winter in Großvaters Stübchen stand, und zog sich die Federdecke über den Kopf. Er dachte an seine Legobaustelle, an der er morgen etwas ändern müsse, und schlief ein.

Am nächsten Morgen, dem ersten Weihnachtstag, wachte Hansi aus einem Märchentraum auf. Er hatte die ganze Nacht in einem zauberhaften Legoland verbracht.

Mutter stellte den Topf mit der Milch auf den Ofen und sagte mehr zu sich selbst als zu Großvater: „Wenigstens heute hätten sie die Leute zu Hause lassen können. Die arbeiten ja doch nichts."

„So ist es nun mal im Kommunismus", schlussfolgerte Großvater, gemächlich an seiner Pfeife ziehend.

Warum Vater gerade im Kommunismus arbeiten musste, konnte Hansi nicht recht begreifen. Seine Gedanken verflogen aber schnell, als Mutter ihm einen Morgenkuss auf die Stirn drückte, und er sprang frohgemut aus dem Bett. Hier in Großvaters Stübchen war es schon weihnachtlich, auch wenn es draußen schaurig regnete. Großvater hatte ihm versprochen, dass er mit ins Hochamt gehen dürfe.

Die neuen Fellstiefel durfte Hansi heute anziehen. Vater hatte sie ihm gekauft und damals erzählt, er hätte sie nur schwarz bekommen. Wieso die Stiefel aber rot waren, als Vater sie brachte, wollte Hansi bis heute nicht einleuchten.

In der Kirche war es kalt und unfreundlich. Nur ein paar alte Weiber und einige Großväter waren ins Hochamt gekommen. Die Predigt konnte Hansi nicht erwärmen. Erst am Ende der Messe wurde er hellhörig, als der Pfarrer sagte: „Beten wir für alle Brüder und Schwestern, die in diesem Jahr eine neue Heimat gefunden haben und ins Reich Gottes aufgenommen wurden."

Ob die wohl alle gestorben sind?, grübelte Hansi vor sich hin. Dann wären ja Helga und Christian auch dabei.

Der Heimweg durch die menschenleeren, verregneten Gassen war ebenso wenig weihnachtlich wie die erlebte Messe. Aber zu Hause, da war es wieder festlich. Vater war schon mit dem Mittagszug nach Hause gekommen. Er erzählte, wie er den Meister mit einem Liter selbstgebrannten Aprikosenschnaps in Weihnachtsstimmung versetzt hatte. Hansi hörte belustigt zu. Es muss doch schön sein, wenn man groß und schlau wie Vater ist. Auf dem Tisch dampfte ein gut gewürzter Schweinsbraten und Großvater hatte eine

Flasche Rotwein dazugestellt. Die Musik der Deutschen Welle kam und verschwand immer wieder.

Im Hof meldete sich der Hund. Der Briefträger hatte etwas in den Briefkasten geworfen. Vater ging und brachte zwei Postkarten.

„Es sind Mitteilungen von der Post. Zwei Päckchen aus Deutschland sind für uns angekommen, von der Tante und von den Nachbarsleuten. Abholtermin ist der 28. Dezember 1988." Vaters Stimme klang plötzlich sanfter als gewöhnlich.

Hansi strahlte. Da sind die in der neuen Heimat doch nicht tot. Er konnte sein Glück kaum fassen: „Mami, da sind bestimmt neue Legosteine drin."

Nur Großvater hatte bemerkt, dass es draußen zu schneien begann. Seine feuchten Augen hingen an dem überglücklichen Kindergesicht. Leise murmelte er sich in den Bart: „Es gibt doch noch weiße Weihnachten."

- - - - - - - - -

[1989]

Das Geschäft
oder
Vom strammen Deutschen zum rumänischen Aussiedler
Autobiographischer Rückblick

Das Dorf wurde von Tag zu Tag leerer, weil die Nachkommenden die Weggehenden nicht so schnell ersetzen konnten. Die nach Deutschland Fahrenden waren Verwandte, Freunde und Bekannte, während die neuen Bürger Fremde waren. Erstere sprachen Deutsch und benutzten das Rumänische nur als notwendiges Verständigungsmittel mit den Ungarn, Serben, Zigeunern und natürlich Rumänen. Die neu Hinzugezogenen wiederum sprachen Rumänisch und verstanden das Deutsch überhaupt nicht.

Ausgangs der 1970er Jahre waren die meisten Männer und Frauen im Dorf noch Deutsche, stramme, wahrhaftige Deutsche. Weltpolitik war besonders für die Älteren schon immer das reinste Kinderspiel gewesen. Da kannten sie sich aus. An allem Bösen, das in der Welt geschah, waren in ihren Augen immer nur die einen Schuld: die Juden. Ein anderes markantes Kennzeichen ihres Deutschtums war ihr Unglücksempfinden. Das größte Unheil, das einer Familie im Dorf, zumindest in meinem Dorf, widerfahren konnte, war die Liebe eines ihrer Kinder zu einem Rumänen oder einer Rumänin.

Also blieb auch mir nichts anderes übrig, als auszusiedeln, wollte ich doch meine deutsche Identität und besonders die meines zweijährigen Sohnes um jeden Preis bewahren. Schließlich und endlich waren mit dieser Identität ja auch Güter mit Sternen und ineinandergreifenden Ringen verbunden, die uns schon lange ausgesiedelte Heimaturlauber sonntags morgens nach dem Hochamt mit heruntergelassener Autoscheibe, lässig auf der Fahrertür aufgestütztem Unterarm und einer glimmenden Marlboro zwischen den Fingern präsentierten.

Und trotzdem tat ich mich schwer, obwohl ich eine

Schwester in Deutschland hatte und trotz Ceaușescus Schuldentilgungswahn, den Weg zu den Menschenhändlern des Diktators zu suchen. Aber dann kam Heiligabend 1982.

Meine Frau – eine deutsche Frau, nachdem ich zum Leidwesen einer großen Verwandtschaft als neunzehnjähriger Verräter schon mal auf Irrwegen gewandelt war – und ich arbeiteten in einer Konsumgenossenschaft in Temeswar. Unser täglicher Heimweg führte über den Trajansplatz zum Heuplatz und schließlich zum Kleinen Bahnhof, auch Fabrikler Bahnhof genannt. Von dort fuhren wir mit dem Zug nach Jahrmarkt, wie unser damals nur noch halbdeutsches Dorf hieß.

An jenem Heiligabend sagte meine Frau auf der Begabrücke: „Schau, do kumme Leit mit Pumrantsche." (Schau, da kommen Leute mit Orangen.) Und wir wurden instinktiv schneller. Am Heuplatz, an dessen Markttischen schon unsere Großeltern mit Gemüse und Obst fratschelten, sahen wir dann eine Menschenschlange und ich fiel in Trab. Als meine Frau mich erreichte, war ich schon nicht mehr der Letzte in der Schlange.

„Fahr du nach Hause, ich komme mit dem Siebener", sagte ich und meinte den 19-Uhr-Zug. So etwas sagte ich fast jede Woche zwei-, dreimal zu ihr und es ging immer um etwas Essbares: Käse, Milch, Brot, Fleisch oder an Weihnachten eben um Orangen.

Der Verkauf fand zwischen Tür und Angel statt. In einer Seitentür der Alimentara (Lebensmittelgeschäft) stand ein Tisch, darauf eine Geldschachtel aus Holz, dahinter eine Verkäuferin vor einem Stapel Kisten mit Orangen. Etwas seitwärts, schon im Laden, hatte man einen zweiten Tisch aufgestellt. Auf diesem stand eine Waage, mit der eine zweite Verkäuferin die Orangen in Papiertüten auswog. Sie benötigte dazu nur ein 1-kg-Gewicht. Mehr gab es nicht pro Kopf.

Die zwei Frauen gaben sich alle Mühe und es ging gut voran. Trotzdem wurde die Schlange länger und länger.

„Noch zwanzig Kisten", hörte ich einen Mann sagen und tat unwillkürlich einen Schritt vor, was meinem Vordermann nicht sonderlich gefiel. Er drehte sich um und sah mich unfreundlich an. Ich zählte noch fünf Fenster bis zur Verkaufstür. Die Frau zu meiner Linken hatte ein starkes Parfüm in den Kleidern. Mein rechter Schlangennachbar, ein Infanterieunteroffizier, hatte rohen Knoblauch gegessen. Als ich mich kurz umdrehte und auf die Zehenspitzen stellte, um das Schlangenende auszumachen, wehte mir eine starke Zuikafahne ins Gesicht. Es war dunkel und kalt geworden. Eine Frauenstimme hinter mir sagte, das Geschäft wird bald zumachen. Ein Mann neben ihr widersprach, die machen nicht zu, bis alle Orangen verkauft sind. Die Frau neben mir hatte eine angenehme Stimme und ich merkte erst jetzt, wie hübsch sie war, so in meinem Alter, knapp unter 30. Bei den letzten drei Kisten Orangen erfuhr ich, dass ihr Mann ein Trinker sei und im Bett ein Versager.

Dann ging plötzlich alles sehr schnell. Ein Mann rief von der ersten der vier Stufen zur Tür: „Die letzte Kiste!" Der Druck in der Menge hatte seinen Höhepunkt erreicht. Die Frau stand dicht vor mir, ihr Hinterteil unter meinem Unterleib. Dann stieg sie auf die erste Treppenstufe und ich wurde mit dem Bauch an dasselbige Hinterteil gedrückt. Endlich stand sie vor dem Verkaufstisch, ich fest hinter ihr. Mein Blick fiel über ihre Schulter ... Noch zwei Tüten! Die Waage war schon weggeräumt. Da spürte ich den schwachen Druck an meiner rechten Seite. Mein Blick traf ein altes Weiblein und im gleichen Augenblick ließ ich den rechten Ellbogen ausfahren wie einen Schlagbaum. Meine linke Hand ließ das Geld in die ausgestreckte Hand der Verkäuferin fallen und ergriff die letzte Tüte Orangen, während der rechte Arm ausgefahren blieb.

- - -

Nur vier Leute saßen im kalten Waggon. Es hatte zu schneien begonnen. Als der Motor – so nannte der Volksmund die Kurzstreckenzüge – durch den Jagdwald fuhr, war es stockfinster. Ich sah hinaus in das Nichts und spürte die Trauer, die diese heldenhaft erkämpften Orangen für meinen Jungen in mir plötzlich hervorriefen. In diesem Konglomerat von Zweifel und Rechtfertigungen glaubte ich irgendwann ein

Lichtlein zu erkennen, zwar nur ein fernes Kerzenflämmchen, aber doch schon assoziierbar mit Begriffen wie Schwester, Familienzusammenführung, Deutsche Mark, Blumenmann, Ausreise, Orangen, Bananen ...
- - -
Im Januar 1983 saß ich an einem Nachmittag in der Temeswarer Telefonzentrale. Ich hatte der Frau am Schalter die gewünschte Telefonnummer mit der Landesvorwahl für Deutschland und der Ingolstädter Stadtvorwahl gegeben. Dann wartete ich. Die Sitzbänke waren alle besetzt. In den Kabinen wurde gesprochen. Die meisten Telefonierenden waren Studenten aus der Dritten Welt.
Nach etwa 30 Minuten hörte ich meinen Namen und „Cabina 10". Ich ging in die Kabine, nahm den schweren Hörer ab, hielt ihn ans Ohr und hörte eine Frauenstimme: „Aveți legătura cu Germania - Sie haben die Verbindung mit Deutschland." Zum ersten Mal in meinem Leben sprach ich mit Deutschland. Wenn ich mich gut entsinne, war es sogar mein erstes Telefonat überhaupt.
Es folgte ein ziemlich langes Brrr, brrr, brrr ..., dann die Stimme meiner Schwester.
„Hallo!"
„Hallo! Ich bin's, der Toni."
„Wer?"
„Der Toni, dein Bruder."
„Mein Gott! Sepp, Sepp, der Toni ist am Telefon. Ist was passiert?"
„Nein, es ist alles in Ordnung, nur der Onkel ist gestorben und ich brauch 16 Knöpfe für unsere Mäntel, die wir uns fürs Begräbnis anfertigen lassen wollen."
„Was? Welcher Onkel?"
„Gib mir lieber den Sepp."
„Sepp, Sepp ... komm schnell, der Onkel – welchen Onkel meint er? – ist gestorben. Komm her, ich versteh nichts."
„Hallo!", meldet sich mein Schwager.
„Hallo Sepp! Ich bin's, der Toni. Der Onkel ist gestorben und ich brauch 16 Knöpfe für unsere Mäntel, die wir uns fürs Begräbnis anfertigen lassen wollen."

„Ja gibt's denn nicht einmal mehr Knöpfe?"
„Doch, doch, aber du weißt schon, so speziale. Wir haben doch bei eurem letzten Besuch darüber gesprochen."
„Ich weiß jetzt wirklich nicht mehr, was du …"
„Es war damals auch nicht so ernst gemeint, aber jetzt haben wir einen guten Schneider gefunden. Ich brauch diese Dinger."
„Ja, gut, jetzt weiß ich, was du meinst. Ich werde versuchen, welche zu besorgen. Sonst, noch alles in Ordnung?"
„Danke, es ist alles bestens. Schöne Grüße von uns allen an euch alle. Ich mach jetzt Schluss."
„Tschüss", hörte ich noch – auch zum ersten Mal in meinem Leben – und legte auf. Die Frau am Schalter schob mir eine Rechnung für ein 5-Minuten-Gespräch unter der Glasscheibe durch, die ich kommentarlos beglich, obwohl das Gespräch bestimmt nicht so lange gedauert hatte, und ich machte mich auf den Weg zum Bahnhof.

- - -

Drei Monate später kam ein Bekannter aus Deutschland vorbei und übergab mir von meinem Schwager 16.000 DM. Das war der Preis für zwei Personen mit normaler Schulausbildung, also keine Akademiker, die waren teurer. Kinder bis 14 Jahre kosteten nichts.

Mein Kapellmeister hat mich dann mit zum Blumenmann genommen. Er und noch einige Musikanten unserer Blaskapelle hatten schon gezahlt. Warum er mich nicht gleich in diese Aktion eingeweiht hatte, lag wahrscheinlich daran, dass ich offen für einen Generationswechsel am Dirigentenpult plädiert hatte. Man muss nämlich wissen, dass in der Familie unseres Kapellmeisters straußsche Verhältnisse vorherrschten. Obwohl die zwei Söhne – beide Berufsmusiker – längst in den Westen geflüchtet waren, hatte der Senior anscheinend noch nicht vergessen, dass es vor Jahren in der Kapelle mal gebrodelt hatte. Aber das blieb bis heute meine ureigene Spekulation.

So fuhren die anderen nach Deutschland, während meine Frau und ich wöchentlich zweimal zum Blumenmann in den Temeswarer Stadtteil Fratelia fuhren. Das war eine ausgefüllte Zeit: dreimal pro Woche Lebensmittelschlange und einmal Blumenmann. Doch wollte und wollte der gute Căpraru, das war sein bürgerlicher Name – den schönen Beinamen Blumenmann verdankte er seinen angeblich in ganz Rumänien einzigartigen Gewächshäusern, in denen er Blumen und Gemüse anbaute -, unser Geld nicht nehmen. Das pockennarbige Gesicht lächelte uns stets an und vertröstete uns auf die nächste Woche.

Natürlich wussten wir längst, woran das lag. Die mit Kaffee, Schokolade, Zigaretten und anderen deutschen Waren gefüllte Tüte – ich gebe heute beschämt zu, nie allzu groß und auch nie ganz voll – war eine viel zu bescheidene Aufmerksamkeit für den mit Pelzen, Schmuck und sogar VW Golfs verwöhnten Hobbygärtner. Es gab sogar Leute, die ihre Freizeit bei Ausbau- und Renovierungsarbeiten im Haus des vielumworbenen Menschenhändlers – man munkelt, er habe im Auftrag der Securitate das Geld (nur harte Währung) von den Deutschen für Schweizer Geheimkonten des Diktators einkassiert – verbrachten. Was tat der Mensch nicht alles, um sich aus Ceaușescus Paradies loszukaufen?

Und so saßen wir dann nach jedem gescheiterten Versuch, unser geliehenes Geld, dessen reellen Wert wir gar nicht einschätzen konnten, an den Mann zu bringen, da und beklagten unser Schicksal. Das Geld war zwar gut versteckt, aber bei einer eventuellen Hausdurchsuchung wäre es nicht einmal in einem Mauseloch sicher gewesen. Im Dorf wurden zu allem Überfluss auch noch Leute wegen illegalem Besitz von DM verhaftet. Nach neun Monaten unglücklichen Besitzens von 16.000 DM war unsere Angst so weit gereift, dass wir das Geld mit einem Heimatbesucher wieder zurück nach Ingolstadt schickten.

Drei Tage später erzählte mir ein Nachbar, dem es auch seit fast einem Jahr so erging wie uns, der Blumenmann habe ihm sein Geld abgenommen. Jetzt schien das Universum einzustürzen. Ich Idiot, hätte ich doch gewartet, vielleicht ...

- - -

Alle Krisensitzungen halfen nichts. Die Leute zahlten und

wir hatten kein Geld mehr. Immer häufiger fiel in diesen allabendlichen Runden, an denen außer uns zwei auch meine Eltern beteiligt waren, der Name Bogdan. Das war ein pensionierter Staatsanwalt, der angeblich auch Geld nahm, schon viel länger als der Blumenmann, aber auch viel diskreter. Ein Netz von Gerüchten ließ ihn mir geheimnisvoll und unheimlich in der Phantasie erscheinen. Umso überraschter war ich dann auch, als mein Vater eines Abends erzählte, er hätte vor etwa zehn Jahren eine Küchenmöbel für diesen Mann angefertigt und diese dann auch in seinem Haus eingebaut. Dabei blieb es aber, denn mein Vater bot sich nicht an, bei dem Anwalt für mich vorzusprechen.

Im März 1984 entschloss ich mich, mein Glück bei diesem Bogdan zu suchen. Ich war aus Gründen, die mir längst entfallen sind, schon mit dem 12-Uhr-Zug von der Arbeit nach Hause gefahren und fand daheim keine Ruhe. Der Name Bogdan beschäftigte mich seit Tagen. Ich sah einen neuen Strohhalm, einen winzigen Hoffnungsschimmer. Um 16 Uhr fuhr ein Zug, von Radna kommend, in die Stadt. Wie im Rausch, mir absurde Vorstellungen machend und meine Umwelt kaum wahrnehmend, eilte ich zum Bahnhof. Der Zug kam und ich stieg ein, ohne die geringste Notiz von den wenigen Personen, die auch am Gleis warteten, zu nehmen.

Nach etwa fünf Minuten fuhr er los. Die innere, krankhafte Unruhe, die mich vorwärts trieb, ließ mich auch jetzt nicht ruhig in einem Abteil sitzen. Ich brannte mir eine Carpați an und schlenderte durch die Waggons.

Da, in dem Abteil … Das war doch Vater … Nein, unmöglich … Der arbeitet in der Jahrmarkter Tischlerei … Was sollte der um diese Nachmittagsstunde in der Stadt machen?

Ich ging aber doch zurück, und er war es wirklich. Diese unabgesprochene gleichzeitige Fahrt nach Temeswar war darum möglich gewesen, weil wir zwar in der gleichen Straße, aber nicht im gleichen Haus wohnten.

„Grüß dich", sagte ich, „wo fährst du um diese Zeit noch hin?"

„Ich habe mir gedacht", entgegnete er nach einigem Zögern, „ich rede mal mit dem Bogdan wegen euch. Vielleicht erinnert er sich noch an mich."

Mir hat es erst mal die Sprache verschlagen. Als ich mich gefasst hatte, gestand ich: „Eigentlich wollte ich auch dorthin, nur so, mal fragen. Es kann ja nur schiefgehen."

„Dann gehen wir eben zusammen hin."

Das Haus des pensionierten Advokaten lag in einer Verbindungsstraße zweier wichtiger Plätze der Stadt, durch die eine Tramway fuhr. Ein alter Baumbestand im von einem hohen Eisenzaun zur Straße abgesicherten Hof ließ das ganze Anwesen etwas düster erscheinen. Das Türchen im Zaun war nicht zugesperrt. Wir gelangten durch einen ungepflegt wirkenden Hofabschnitt an eine große, zweiflügelige Eingangstür zum Haus und klingelten vorsichtig, das heißt, dreimal in uns ewig erscheinenden Abständen von etwa zwei Minuten. Dann öffnete sich die Tür einen Spalt breit und eine ängstlich klingende Frauenstimme fragte: „Ce doriți - Was wünschen Sie?"

„Können wir bitte mit Herrn Bogdan sprechen?, fragte ich.

„Der ist nicht daheim."

„Frau Bogdan", ergriff mein Vater, der die Stimme aus dem dunklen Flur erkannt hatte, die Initiative, „ich bin Nicolae, der Tischler, der vor einigen Jahren Ihre Küche eingebaut hat."

„Așteptați - Wartet."

Eine neue Ewigkeit verstrich. Dann hörten wir eine Schließkette rasseln und der eine Türflügel öffnete sich gerade mal so weit, dass ein Erwachsener in den Flur treten konnte. Der war überhaupt nicht beleuchtet. Aus einem Zimmer am anderen Ende fiel ein Lichtschein herein, der uns eine beiläufige Orientierung ermöglichte.

Die Frau führte uns eine Steintreppe hinab in einen muffigen Kellergang und dann durch eine Eisentür in ein Büro. Wir befanden uns in einem schwer vorstellbaren Chaos von Büchern, Heften, Ordnern, losen Blättern und allen möglichen Schreibutensilien, die nicht nur alle Schränke, Regale, Tische, Stühle, ja sogar ein Sofa, sondern auch den Fußboden belagerten. Hinter einem großen Schreibtisch saß ein unscheinbares Männlein mit einer Brille auf der Nase in einem Schlafmantel und sah uns misstrauisch entgegen.

„Bună ziua - Guten Tag", grüßten wir mit aller uns zur Verfügung stehenden Unterwürfigkeit.

„Luați loc – nehmt Platz", forderte uns eine Fistelstimme auf. Mein Vater setzte sich auf den leeren Stuhl, der vor dem Tisch stand, während ich einen etwas abseits stehenden lederüberzogenen Hocker erst von der Last zweier Ordner befreien musste, um meinen leicht schlotternden Knien etwas Ruhe zu gönnen.

„Was wünschen Sie von mir?", fragte der Advocatus Diaboli.

„Ich bin", begann mein Vater, „der Tischler ..."

„Ich weiß, wer du bist."

„Sehen Sie, mein Sohn würde gerne mit seiner Familie nach Deutschland ..."

„Ihr Deutschen wollt alle nach Deutschland, aber wenn man euch hilft, dann kennt Ihr keinen Dank. So einen Ordner mit Klagen hat euer Genscher im vorigen Jahr bei seinem Besuch Genosse Ceaușescu überreicht; alles Aussagen von euren Leuten, die sie in Nürnberg gemacht haben. Was für Geld haben wir genommen? Wer hat Geld genommen und was für Deutsche Mark? Wer bei uns Valuta hat, macht sich strafbar. Wieso erscheint mein Name in diesem Ordner? Ich kann niemand helfen, in die BRD zu fahren. Ihr müsst zum Passamt gehen und ein Gesuch einreichen. Was wollt Ihr bei mir?"

Ich verspürte plötzlich eine entsetzliche Angst. Wenn der jetzt annimmt, dass wir deutsches Geld zu Hause versteckt haben, kommt die Miliz und stellt uns das Haus auf den Kopf. Dann hörte ich meinen Vater sagen:

„Sie haben mir damals, als ich Ihre Möbel montiert habe, gesagt, dass Sie mir vielleicht in dieser Angelegenheit irgendwann mal helfen könnten. Ich wollte eigentlich nur nachfragen. Aber wenn Sie nicht können, haben wir natürlich Verständnis. Mein Sohn ist übrigens ein zuverlässiger Mensch. Der würde nie über solche Dinge in Nürnberg sprechen."

Es folgte eine lange, quälende Pause, in der ich versuchte, meine zitternden Knie unter Kontrolle zu bekommen. Mein Vater knetete unsicher seine Mütze und erweckte schon den Anschein, als wolle er sich erheben, da schob der Alte seine Brille zurecht und fragte mit gelangweilter Stimme: „Wen habt Ihr in der BRD?"

„Meine Tochter und ihre Familie", antwortete mein Vater sofort, so als ob er schon die ganze Zeit nur auf diese Frage gewartet hätte, aber auch bewusst verschweigend, dass meine Oma, seine Mutter, auch schon in Ingolstadt lebte. Sie war zu Besuch gefahren und nicht mehr zurückgekommen. Das konnte unserem Anliegen nur schaden.

Eine weitere Denkpause war angesagt, lange, unendlich lange. Dann hatte die Stimme hinter dem Schreibtisch plötzlich einen viel weicheren, versöhnlich klingenden Ton.

„Măi, Nicolae – Mensch, Nikolaus, du weißt doch, dass man Verwandte ersten Grades haben muss, um seine Familie in Deutschland zusammenführen zu können. Băiatul – der Junge hat nur eine Schwester. Das ist zweiten Grades. Du aber hast eine Tochter. Das ist ersten Grades."

„Ja, aber ich habe noch eine alte Tante, die ich unterhalten muss, und meine Frau und der Sohn mit seiner Frau, das sind ja fünf erwachsene Personen."

„Na und? Fünf mal acht macht vierzig. Haben deine Tochter und ihr Mann Arbeit in Deutschland?"

„Ja, sie haben Arbeit."

„Also? Ich kann dir nur helfen, wenn du Verwandte ersten Grades hast."

Das unscheinbare Männlein lehnte sich zurück und verschwand fast ganz in dem schwarzen Ledersessel. Draußen fuhr geräuschvoll eine Tramway vorbei. Mein Vater drehte den Kopf zu mir. Ich spürte seinen Blick und schaute in seine Richtung, aber ohne ihn direkt anzusehen. So war das alles nicht geplant. Zuerst die Kinder, also meine Schwester Anna und ich, und wenn wir Geld gespart haben, sollten die Eltern mit der achtzigjährigen Tante nachkommen. Ja, so hatten wir uns das vorgestellt. Und jetzt …

Die Stille in dem düsteren Gemach war erdrückend. Ich hörte meine Herzschläge und spürte mein Blut in den Adern pulsieren. Mir war jegliches Zeitgefühl abhanden gekommen und als ich meines Vaters Stimme vernahm, fiel mir auf, dass durch die zwei bis zur Hälfte über den Schacht hinausragende Kellerfenster kein Tageslicht mehr hereinfiel. Der Abend hatte sein schwarzes Tuch über die Stadt gelegt.

„Bine, atunci mergem toți – Gut, dann gehen wir alle." Der Advokat richtete sich in seinem Sessel auf. Das Grinsen in seinem Gesicht war schwer deutbar. War es Geschäftsfreude, Bedauern, Mitleid, Schadenfreude, oder gar Verachtung? Auf keinen Fall drückte diese Grimasse aber Verständnis aus und seine Stimme klang jetzt, trotz ihrer feinen Klangfarbe, fest und beherrschend. Die Überlegenheit des Advokaten duldete nicht den geringsten Widerspruch.

„Am Karsamstag, eurem deutschen Karsamstag, morgens um fünf Uhr bist du da. Vergiss nicht einen Auswanderungsantrag mitzubringen. Die Tür zum Korridor wird nicht verschlossen sein. Du gehst ins erste Zimmer rechts und wartest, bis jemand kommt. Hast du das verstanden? Und merk dir eins: Wir sind uns nie begegnet. Du hast eine Tochter in Deutschland und darfst laut eines sozialistischen Gesetzes, eines sehr humanen Gesetzes, das wir Genosse Nicolae Ceaușescu verdanken, im Rahmen der Familienzusammenführung diesen Antrag stellen."

- - -

Ab nun ging alles sehr schnell. Anruf in Ingolstadt: Onkel tot, neue Knöpfe, Bedarf 40. Am Karfreitag fuhren Schwester Anna und Schwager Sepp mit den zwei Mädchen in den Hof meiner Eltern, also ein ganz normaler Heimatbesuch zu Ostern. Die Koffer wurden ausgeladen und ausgepackt. Wichtig darin waren die Zigaretten, der Kaffe und die vielen Tafeln Schokolade. Mit diesen Schlüsseln hofften wir, in Zukunft je schneller viele Beamtentüren zu öffnen, um dann anstehende Ausreiseformalitäten zu erledigen. Nachdem die Wiedersehensfreude ein wenig abgeklungen war und man die Kinder reichlich geherzt hatte, rückte mein Schwager auch schon mit der so sehr herbeigesehnten Nachricht he-

raus, dass er so nebenbei auch 40.000 DM dabei habe. Natürlich hatte niemand von uns direkt danach gefragt.
Der Karsamstag war kühl und verregnet. Meine Frau und ich sind mit dem 5-Uhr-Zug zur Arbeit gefahren. Um diese Zeit näherten mein Vater und sein Schwiegersohn sich dem Hause Bogdans. Die Straße war unbeleuchtet, unbelebt, unheilvoll. Das Hoftürchen stand halb offen, so als ob schon jemand in den Hof gegangen wäre. Mein Vater hatte eine braune Ledertasche in der Hand. Ohne ihm die Hand abzuhacken, hätte ihm die wahrscheinlich niemand entwenden können. Darin waren vierzig 1000-DM-Scheine und ein Ausreiseantrag.

Mein Schwager war am Hoftor stehen geblieben und lauschte auf eventuelle Geräusche im Gebüsch, das den Hof innen säumte, während sein Schwiegervater, vor Angst weder links noch rechts schauend, fast laufend auf die Eingangstür des völlig im Dunkel liegenden Hauses zustrebte. Die Tür war wirklich nicht abgesperrt. Ein leises, für den zweiundfünfzigjährigen Schreiner aber fürchterlich lautes Quietschen in den Angeln, und er konnte den Korridor betreten. Absolute Stille, und nur ein schwaches Notlicht ermöglichte eine Orientierung in dem langen und breiten Gang. Die erste Tür rechts. Eine schweißnasse linke Hand auf der Klinke, ein schwacher Druck. Die Tür gab nach. Zwei Schritte. Mein Vater stand in einem sackdunklen Zimmer. Er tastete nach einem Lichtschalter. Da, gleich neben der Tür. Klick. Kein Licht. Unfassbar. Unsicherheit. Angst. Was tun? Die Unentschlossenheit lähmte den Mann. Er versuchte, seine Angst zu verdrängen und einen klaren Gedanken zu fassen. Das wollte und wollte nicht gelingen. Wie lange er in dem dunklen Raum stand – er sagt, es wäre sogar eine Rumpelkammer gewesen -, weiß er nicht mehr genau. Er schätzt so um eine halbe Stunde. Sein Schwiegersohn, der auf der langsam zum Leben erwachenden Straße seine Ängste im Auf- und Abgehen auslebte, behauptet, es wäre wesentlich länger gewesen.

Irgendwann öffnete sich die Tür der Rumpelkammer. Ein hoch aufgeschossener, breitschultriger junger Mann mit

weißem Hemd und Krawatte unter dem dunklen Anzug betrat mit einer großen Taschenlampe und einem Aktenkoffer ausgerüstet den Raum.
„Guten Morgen. Haben Sie das Geld?"
„Ja."
Aus der alten Ledertasche wanderte das Geldbündel durch zitternde Arbeiterhände und ruhige Menschenhändlerhände in den Aktenkoffer neben andere DM- und Dollarbündel. Dann richtete der Hüne, dessen Gesicht mein Vater in der Dunkelheit nicht richtig sehen konnte, den Lichtstrahl auf den Antrag, überflog ihn flüchtig und sagte:
„Ja, Sie haben eine Tochter in der BRD. In einigen Wochen werden Sie die kleinen Formulare bekommen. Bleiben Sie noch fünf Minuten in diesem Zimmer. Dann können Sie gehen."
Die Tür fiel ins Schloss. Schritte verhallten. Geisterhafte Ruhe.

- - -

Als ich am Nachmittag von der Arbeit kam, fand ich Vater und Schwiegersohn in gelöster Stimmung beim Kaffee. Sie hatten das Geld los. Dass es auf Nimmerwiedersehen und ohne Einfluss auf unsere Auswanderungswünsche verloren sein könnte, oder dass wir im besten Fall nach einigen Monaten nicht nur als „willkommene Aussiedler", wie wir uns das in unserer Auswanderungsagonie ausmalten, sondern auch belastet mit 40.000 DM Schulden in Nürnberg ankommen werden, war an jenem langen, weit in den Abend reichenden Tag kein Thema mehr.

- - -

Am 27. Dezember 1984 erklang bei uns im Hof Blasmusik. Von der 40-Mann-Kapelle waren noch zehn Bläser und ein Trommler übrig geblieben und ihre Abschieds-Polka klang alles andere als fröhlich.

Am nächsten Abend standen wir im Nürnberger Hauptbahnhof, müde, unfähig die vielen Eindrücke einer lichtüberfluteten Bahnhofshalle zu verarbeiten ... und enttäuscht. Es gab kein Blasmusikempfang für die strammen Deutschen.

- - -

Gestern, als ich mich an meinem Spind im Waschraum umzog, fragte mich ein Spindnachbar: „Hast auch schon von dem Zweiundvierzigjährigen gehört, der gestern in der Nachtschicht an einem Herzkasperl gestorben ist? Der war auch einer von euch rumänischen Aussiedlern."

--- --- ---

[1998]

Teurer Schlussverkauf
Erzählung

I

Die Küche war neu, kaum ein Jahr alt, eine Einbauküche, wie man sie in Möbelkatalogen aus Deutschland sieht. Hans Trumm hatte sie selbst angefertigt, in weiß und hellblau. Er hatte in den 60er Jahren die Zimmerei aufgegeben und arbeitete nun schon seit über 20 Jahren in der Tischlerei im Dorf als Bau- und Möbeltischler.

Obwohl nicht in der Mitte untergebracht, sondern eher im hinteren Drittel, dort wo früher die Weinkammer war, wurde die Küche als Mittelpunkt des langgestreckten Hauses empfunden. Den Vesta-Ofen hat man kaum zum Kochen benutzt. Nur im Winter wurde er geschürt. Die warmen Speisen bereitete man nebenan in einer kleinen Küche zu, in der ein sogenannter Aragas, also ein von einer Gasflasche alimentierter Gasofen, stand. Die große, zweckentfremdete Küche war zum eigentlichen Wohnzimmer geworden. In ihr hielt man sich auf, wenn Besuch da war; und den gab's reichlich. Fast jeden Tag kam jemand ins Haus, spätestens am Abend, nach getaner Arbeit. Aber auch tagsüber stand das Gassentürchen zu dem betonierten Hof stets offen, weil irgendein gekommener oder gegangener Nachbar vergessen hatte, es hinter sich zu schließen. Im Trummches-Haus verkehrten schon immer viele Leute. Hans' Vater hatte als junger Mann seine Füße bei einem Zugunfall verloren. Er verbrachte fast die Hälfte seines Lebens im Rollstuhl und verließ nur selten das Haus. Also ging man zu Trummches, damit auch der Trummches Toni etwas vom Gesellschaftsleben mitbekommen konnte. Diese Gewohnheit führte so manche Nachbarsleute oder Verwandte auch noch Jahre nach dessen Tod ins Trummches-Haus zum Maje, wie die Dörfler des Banats ihre geselligen Plauderstündchen nannten.

Als an einem langen Sommerabend die Bleche-God, eine Verwandte von Maria Trumm, noch kurz vor 21 Uhr die Küche betrat, saßen Hans und seine Frau gerade beim Abendessen. Die God, wie man zu einer Patin im Dorf sagte, hat sich grüßend auf ihren gewohnten Platz niedergelassen ohne besondere Einladung.

Maria Trumm war erst mit dem 20-Uhr-Zug aus der Stadt gekommen und kannte die letzten Neuigkeiten des Tages. „Müllersch in der Sicknischgass haben heute auch die Karte für den Pass bekommen. Müller Matz war gleich am Nachmittag bei der Miliz in Temeswar. Die Karte war schon für heute ausgestellt. Wahrscheinlich hat sie wieder ein paar Tage auf der Post gelegen."

Obwohl solche Nachrichten wöchentlich die Runde machten, ja man sogar schon gewohnheitsgemäß drauf wartete, mussten sie immer erst verdaut werden. So leitete auch Marias Bemerkung erst mal eine längere Schweigeperiode ein, in der jeder seinen eigenen Gedanken nachzugehen schien. Diese hätte vielleicht noch eine Weile angehalten, wären nicht der junge Trumm und seine Frau mit dem jüngsten, erst dreijährigen Trumm zum Maje gekommen. Nach dem üblichen „Guten Abend" und „Guten Appetit" kam Jakob, der Junior-Trumm, gleich zum Thema.

„Jetzt sind anscheinend die Sicknischgässer an der Reihe."

„Mutter hat uns die Nachricht gerade gebracht", erwiderte Hans, seinen nicht ganz leeren Teller beiseite schiebend.

„Bei uns in der Fabrik haben zwei Freidorfer auch bekommen", wusste Angela, Jakobs Frau, zu berichten.

Jakob hatte stets ein gutes Gefühl, wenn jemand den Pass bekam. Er rechnete sich aus, dass ihre Chancen, an die Reihe zu kommen, mit jedem von der Miliz ausgehändigten Ausreisedokument stiegen. Schließlich und endlich waren schon fünf Monate vergangen, seit Vater im Haus des alten Bogdan in der Temeswarer 1.-Dezember-Straße einem vor- und nachher nie gesehenen Mann eine stattliche Summe DM gegeben hatte, ohne dafür eine Quittung bekommen zu haben. Es hatte bis jetzt aber ganz gut geklappt. Einen Monat später hatten sie die kleinen Formulare, im Volksmund nur die Kleinen genannt, bekommen und nach weiteren vier Monaten die Großen. Er war zuversichtlich, dass es bei ihnen bald so weit sein wird.

„Du hast ja schon einen Zettel ausgehängt", sagte er zu seinem Vater, an das alles beherrschende Thema anknüpfend. „Wenn man schon ‚Vindem tot din casă' (Wir verkaufen alles aus dem Haus) aushängen hat, werden die Leute erst recht sagen: Die sind sich sicher, die haben bestimmt gezahlt."

„Was willst du denn machen? Du kannst ja nicht auf den Sachen sitzen bleiben. Und wie schnell es manchmal gehen muss, hat man ja bei anderen schon gesehen", rechtfertigte der Vater die Umwandlung des Hauses in einen Trödlerladen.

II

Hans und Maria Trumm hatten ihr Abendmahl längst beendet und die Hausfrau beteiligte sich vom Abwaschbecken aus der kleinen Küche an dem Gespräch. Nur die God hatte sich fast eine Stunde lang ruhig verhalten. Das war zwar ungewöhnlich, weil Anna Blech gerne erzählte, fiel aber wegen der Konzentration, mit der alle diskutierten, niemand auf. Ihre erste Bemerkung, die durchaus im Rahmen des Gesprächsstoffes blieb, ließ trotzdem die Unterhaltung stocken. Es schien, als hätten alle den Atem angehalten, nachdem die God in wohl gekünstelter, aber immerhin gelungener Gleichgültigkeit verkündet hatte, dass ihre Kusine aus Korbach ihr das nötige Geld zum Auswandern leihen würde. Sie habe einen Brief mit dieser erfreulichen Nachricht bekommen.

Jakob unterbrach als erster das Schweigen, mit einem Blick zu seinem Vater: „Über den alten Bogdan kursieren zurzeit so viele Gerüchte. Einige sagen, er sei gestorben und andere wollen sogar wissen, dass man ihn umgebracht habe."

„Der Blumenmann will angeblich auch nichts nehmen, wenn man keine Verwandten ersten Grades hat", sagte Hans Trumm zur angespannt zuhörenden Tante.

Anna Blech war alleinstehend, nie verheiratet. Ihre alte Mutter war vor ein paar Jahren gestorben. Nur Trummches blieben ihr noch als weitläufige Verwandte. Wenn jetzt auch die bald gehen, wird sie mit niemand mehr in der Nachbarschaft, und dabei dachte sie an mindestens zehn Häuser straßauf und –ab, deutsch reden können.

„Aber wir können sie doch unmöglich im Stich lassen", wurde Maria Trumm unruhig.

Die God gehörte zu ihrer Verwandtschaft und sie fühlte sich schon immer für die Frau verantwortlich. Es verging kaum ein Tag, da sie nicht auf ihrem Heimweg vom 19- oder 20-Uhr-Zug bei der God reinschaute, und wenn's nur ein Schritt in den gepflasterten Hof war, um der Frau ein paar frische Kipfel zu geben. So war's eben in jenen Zeiten, als jeder von seinem Arbeitsplatz mehr recht als schlecht zu überleben versuchte. Maria Trumm hatte Glück. Sie putzte die Büroräume in einer großen Lebensmittelfabrik in der Stadt.

Das Gespräch wog hin und her, ohne dass jemand eine umsetzbare Idee hatte. Dann schaltete sich Angela mit der Bemerkung ein, dass auch im Dorf einige Mittelsmänner, und zwar Deutsche, entsprechende Kontakte zu Leuten, die etwas machen könnten, hätten. Einer sei sogar in Jakobs Alter, sie wolle den Namen aber nicht nennen, da man ja nie wisse, wie viel Wahrheit in der Sache stecke. Weil sie selbst dem Gehörten wenig Gewicht beigemessen habe, hätte sie bisher auch Jakob davon nichts erzählt.

Dieser griff sofort nach dem Strohhalm und versprach der God, dass er sich mit dem noch unbekannten Vermittler aus dem Dorf in Verbindung setzen werde.

„Irgendwie wird es schon gehen. Für so viel Geld wird ja auch ein fiktiver Verwandter ersten Grades auf einem Ausreiseantrag seine Schuldigkeit tun können", meinte er schmunzelnd, als er seiner stets regen Fantasie in dem Bedürfnis, die Bleche-God nicht ganz hoffnungslos an diesem Abend nach Hause gehen zu lassen, bisschen freien Lauf ließ. Um aber keine falschen Erwartungen aufkeimen zu lassen, fügte er noch abschließend hinzu: „So einfach wie bei uns wird es bestimmt nicht."

III

Der Maimorgen war warm und von einem regen Dorfleben war noch nichts zu spüren. Die Schatten der Häuser und Bäume an der Ostseite teilten die Straße in zwei kontrastierende Lichthälften.

Jakob ging langsam die Neugasse runter. Er genoss die Ruhe, die über dem Dorf lag, und sog die Kräfte ein, die er in den Sonnenstrahlen zu spüren meinte. Als er unter dem Zinks-Brunnen war, schaute er sich kurz um. Die Bleche-God stand noch immer vor ihrem Haus und schaute ihm nach. Was mag in der Frau vorgehen? Sie hatte ihm soeben 8.000 DM, einen Karton Kent, ein Päckchen Jacobs-Kaffee, 5.000 Lei und einen Ausreiseantrag zu ihrem angeblich in Deutschland lebenden, in Wirklichkeit aber schon lange zu Hause verstorbenen Vater anvertraut. Und noch viel mehr hatte Jakob mit auf den Weg genommen, als er ihr vor wenigen Augenblicken Adje gesagt hatte, nämlich ihre Hoffnung, nicht zurückzubleiben, allein unter Fremden, fremd in der Straße, in deren Staub sie schon als Kind gespielt hat.

Jakob war zuversichtlich. Er hatte sich mit Nik für acht Uhr am Rott, der Kreuzung Neugasse – Lothringen, verabredet. Der hatte ihm versprochen, das Geld an den richtigen Mann zu bringen.

Der grüne Dacia war pünktlich. Jakob stieg mit einem „Servus" ein und Nik fuhr gleich los. Die mit Maulbeerbäumen gesäumte Landstraße von Jahrmarkt nach Temeswar lag kerzengerade, mit Schlaglöchern bestückt und nur wenig befahren in der Ebene. Das Auto war schon eine gute Weile unterwegs, ohne dass die zwei jungen Männer miteinander redeten. Diese Fahrt war ihnen zu ernst, um über belanglose Dinge zu plaudern. Darum kam Nik, als er das Schweigen brach, auch gleich zur Sache.

„Hast du auch alles dabei?"

„Genau wie du es mir gesagt hast."

„Ich habe gestern Abend mit dem Mann noch einmal alles besprochen. Du musst dich genau so verhalten, wie ich es dir erkläre."

Jakob hörte sehr aufmerksam zu. Niks Blick war geradeaus, immer auf die schier unerreichbare Spitze, die von den Maulbeerbaumrändern der Landstraße in der Ferne optisch suggeriert wurde, gerichtet. Er sprach langsam und sehr deutlich. Jakob konnte keine Erregung in seiner Stimme erkennen, während er seine eigenen Handflächen immer wieder mit einem Taschentuch abtrocknen musste.

Als sie in die Stadt einfuhren, wusste Jakob Bescheid. Sie sprachen nicht mehr. Nik konzentrierte sich voll auf den Verkehr. Während sie über den Sălăjan-Boulevard fuhren und am Kreisinspektorat der Miliz vorbeikamen, blickten beide instinktiv zum Eingang, der auch für sie - so ihre Hoffnung - zum Ausgang aus diesem Land führen sollte. Am Heuplatz herrschte wie immer rege Marktgeschäftigkeit und Nik musste langsamer fahren, um über die Straße hastende Marktfrauen oder Käufer nicht zu gefährden. Hinter der Begabrücke ging es dann ein bisschen zügiger. Am Trajansplatz lenkte Nik den Dacia rechts, am Brotladen dann links, gleich hinter den großen Blumenbeeten wieder links, und hielt endlich direkt vor der deutschen Kirche.

Jakob stieg aus dem Auto und ging gemächlichen Schrittes um das mächtige Gotteshaus. Er bemühte sich, ruhig und gelassen zu wirken, wie ein ganz normaler Spaziergänger, konnte seine Gedanken von dem bevorstehenden Menschenhandel aber nicht losreißen. Er spürte sein Herz bis zum Hals schlagen. Schließlich hatte er ja 8.000 DM in der inneren Rocktasche; und das in einem Land, in dem der Besitz von Devisen mit Gefängnisstrafe geahndet wurde. Wenn etwas schiefläuft? Wenn das ein Schwindler ist und kein Mann der Securitate? Wenn das Geld dann weg ist? Dem Bogdan und dem Blumenmann konnte man vertrauen, die haben schon viele hinausgeschafft. Aber das hier?! Mehr um sich abzulenken als aus Mitleid, warf er einem Bettler auf der hohen Treppe zur Millenniumskirche eine 5-Lei-Münze in den Hut. Der war verwundert ob der großen Gabe und wünschte alles Glück des Himmels auf den ernst dreinblickenden Spender herab.

Dann schritt Jakob zurück zum Auto. Er hatte von weitem gesehen, dass neben Nik auf dem Beifahrersitz, wie ausgemacht, ein Mann saß. Jakob stieg durch die rechte Hintertür ins Fahrzeug und grüßte mit aller Ergebenheit, die er in seine Stimme einbringen konnte. Vor ihm saß ein weißhaariger, glattgekämmter Mann, mit einer gespiegelten Sonnenbrille, in einem sehr eleganten dunklen Anzug und mit einem Aktenkoffer auf den Knien.

Ohne sein Gesicht Jakob zuzuwenden, fragte der Fremde direkt, mit einer sanft, aber bestimmt klingenden Stimme: „Sie wollen zu Ihren Verwandten in die Bundesrepublik Deutschland fahren?"

Jakob versuchte, so beherrscht wie nur möglich zu antworten. Nur jetzt nichts verkehrt machen.

„Es geht um meine Tante, eine alleinstehende Frau. Sie will zu ihrem Vater, der seit dem Krieg in Deutschland lebt."

„Haben Sie das Formular dabei?", fragte der Weißhaarige, während er die Schlösser an seinem Aktenkoffer hörbar aufspringen ließ.

Jakob reichte dem Mann das Antragsformular und die zwei Umschläge mit den 8.000 DM und den 5.000 Lei über die Schulter. Der Fremde nahm die acht großen DM-Scheine aus dem Kuvert und zählte sie zweimal. Die 5.000 Lei legte er ungezählt in den Koffer. Erst dann entfaltete er das Formular, warf einen flüchtigen Blick drauf und sagte mit der größten Selbstverständlichkeit dieser Welt: „Ihre Tante hat einen Verwandten ersten Grades in der Bundesrepublik Deutschland. Also kann sie auch im Rahmen der Familienzusammenführung dorthin fahren."

Jakobs Stimme war die Erleichterung anzuhören, als er in jetzt noch schmeichelhafterem Ton erwiderte: „Danke! Danke vielmals! Diese Kleinigkeit ist für Ihre Mühe."

Mit diesen Worten reichte er die Tüte mit den Zigaretten und dem Kaffee über den Beifahrersitz. Der Mann nahm sie anscheinend ungerührt mit der Bemerkung, dass dies doch nicht nötig wäre, und stellte sie zwischen seine Füße. Dann versicherte er Jakob noch, dass die Tante in etwa zwei, drei Wochen zur Kommission beim Kreisinspektorat der Miliz in der Sălăjan gerufen wird und dass es danach mit den kleinen und großen Formularen normal weitergehen werde. Mit einem nochmaligen sehr unterwürfig und höflich formulierten Dank verabschiedete Jakob sich von dem Fremden und nahm seinen Spaziergang um die Kirche wieder auf.

Nachdem der jetzt verdutzt dreinschauende Bettler sogar einen 10-Lei-Schein in seinen Hut bekommen hatte, begab sich Jakob zurück zum grünen Dacia, in dem Nik wieder allein saß und gerade die 9-Uhr-Nachrichten von Radio Bukarest hörte. Er stieg aber nicht ein, sondern blieb am offenen Fahrerfenster stehen.

Nik empfing ihn mit der Bemerkung: „Na, das war doch nicht schlimm."

„Nein, aber auch nicht einfach. Hoffentlich klappt's auch weiterhin so gut. Ich fahre mit dem Mittagszug nach Hause. Für heute habe ich mir Urlaub genommen."

Nik sah Jakob an, dass der einen Urlaubstag auch nötig hatte. Darum beließ er es bei der kurzen, aber beruhigenden Bemerkung: „Wir machen schon die Papiere für den Pass. Und was meinst du, durch wen wir fahren? Es gibt ja nicht nur einen Bogdan oder Blumenmann in diesem Land."

Jakob bedankte sich bei Nik – diesmal aber in normalem Ton – und steuerte die nächste Kaffeebar an. Als er im Halbdunkel des schlecht gelüfteten Raumes an seiner Zigarette zog und in seinen dampfenden Kaffee starrte, spulte er das soeben Vorgefallene wie einen Film zurück und wurde gewahr, dass Nik während des ganzen Handels kein einziges Wort gesprochen hatte und dass er, Jakob, selber einen kurzen Blick in den geöffneten Aktenkoffer werfen konnte, als er dem Fremden das Geld über die Schulter gereicht hatte. Dort waren eine Menge Geldbündel gestapelt, nicht nur D-Mark, auch andere Währungen. Nur das Gesicht des Mannes hatte er nicht sehen können. ‚Da war ich bestimmt nicht der Erste heute Morgen', schlussfolgerte er.

IV

Anna Blech goss den heißen Kaffee in die Tasse. Ein Teelöffel voll Zucker, dann umrühren, ein bisschen länger als notwendig – wegen dem hellen Klang, den der Löffel beim Kontakt mit dem Porzellan erzeugt -, dann sich an den Tisch sitzen und frühstücken, das war eine Verhaltensfolge, die sich seit vielen Jahren täglich wiederholte. An jenem Dezembertag zwischen Weihnachten und Neujahr 1984 war es aber anders. Anna setzte sich nicht hin. Sie ging mit der Tasse in der Hand vors Fenster und starrte auf die menschenleere Straße. Das Brot und die Butter hatte sie an diesem Morgen wohl unnötig bereitgestellt.

Anna Blech hatte keinen Hunger. Sie hielt die Tasse mit dem Daumen und dem Zeigefinger der rechten Hand am Griff und wärmte ihre linke Innenhandfläche an dem warmen Gefäß. Die Wärme in der schlicht möblierten Stube konnte aber ihr Gemüt nicht auftauen. Nur was ihr Blick auffing, drang in ihre Seele. Die Wolken hangen tief und erdrückten den Tag. Es lag kein Schnee. Die Erde war schwarz und nass und neben dem altersschwachen Straßenpflaster hatte sich in den hässlichen, von Traktorreifen hinterlassenen Spuren Wasser angesammelt.

Die Weihnachtstage waren so ruhig vorbeigegangen. Zu ruhig war das Dorf geworden. Die Kirche war nie voll gewesen. Die eine Glocke hatte kurz vor Weihnachten einen Riss bekommen. Sie klang so dumpf, so fremd. Zum ersten Mal war am Abend des ersten Weihnachtstages das Kulturheim verschlossen geblieben. Der Kapellmeister war im Herbst ausgewandert.

Fast hätte Anna Blech den Kaffee auskühlen lassen. Sie nahm einen Schluck. Er war noch warm und wirkte sofort. Irgendwie wird es schon gehen, auch wenn Trummches weg sind. Jemand wird schon für sie nach Bukarest fahren, um die Visums von der ungarischen, österreichischen und deutschen Botschaft für sie zu besorgen. Und bis sie den Pass bekommt, werden bestimmt noch zwei oder auch mehrere Monate vergehen, denn sie hat die großen Formulare erst im Oktober eingereicht. Im Frühjahr findet sich dann eher jemand, der für sie nach Bukarest fahren wird.

Sie ging dann doch zum Tisch und aß noch ein Stückchen Butterbrot zu den letzten Kaffeezügen. Sie zog ihr Pelzleibchen an und begab sich in das nicht beheizte und dunkle Nebenzimmer. Dieses hatte sie eigentlich nie zum Wohnen benutzt. Nur als ihre Mutter noch lebte, hatte sie darin geschlafen. Das Zimmer war kaum noch möbliert. Eine neue Nachbarsfamilie, aus der Moldau gekommene Rumänen, aber gute Leute, hatten die Möbel gekauft. Nur Tisch und Stühle, so ward vereinbart, blieben noch bis zu Annas Auswanderung im Haus, weil sie diese zum Sortieren und Einpacken brauchte. Trotzdem lagen viele Sachen auf dem Fußboden.

Sie begann zum wiederholten Male zu ordnen und auszusuchen. Wäsche, Geschirr, Schuhe, Essbestecke, Fotos in kleinen Holzrahmen, zwei Kerzenständer, ein nagelneues Service für sechs Personen und viele nach Jahren der Ruhe und des Vergessens aus entleerten Schränken und Truhen wieder aufgetauchte brauch- und unbrauchbare Haushalts- und Küchengeräte wurden unschlüssig hin- und hergelegt.

Die rechte Seite des Zimmers war mit Sachen für die Kiste gefüllt und links lagen zwei große Reisekoffer, in die das Nötigste für die ersten Wochen nach der Ankunft in Deutschland verstaut werden sollte. Viele Sachen wanderten an diesem trüben Dezembervormittag von links nach rechts und wieder zurück. Oft hantierte die einsame Frau, ohne mit den Gedanken bei den Sachen zu weilen. Die Ungewissheit riss sie immer wieder aus der Gegenwart. Das ganze Inventar für die Kiste muss aufgelistet werden. Alles muss nach Arad gebracht, dort vor den Zöllnern ausgepackt und wieder eingepackt werden. Bis dahin muss das Haus übergeben sein. Vorher muss es ausgemessen werden. Man braucht Grundbuchauszüge, muss seine Staatsbürgerschaft abzahlen, benötigt Kopien von Urkunden, Papiere, Papiere. Überall muss man Rumänisch können, überall muss man zahlen, überall muss man geben, überall muss man bitten. Wie soll sie das alles bewältigen? Allein, ganz allein. Zugkarten bis Nürnberg lösen, jemand suchen, der sie bis zum Grenzübergang Curtici bringt. Nein, das ist alles zu viel, für sie nicht lösbar. Und warum ist das überhaupt alles notwendig? Ihre Eltern liegen da auf dem Friedhof. Warum soll sie jetzt in die Welt, wo ihr Platz doch nur hier sein kann, wo sie schon immer gelebt hat. Man ist doch nicht allein, wenn man im

Grab seiner Eltern ruht. Das ist alles viel einfacher und ehrlicher.

Annas Blick irrte durch das Zimmer. An einer Wand hing noch ein Foto ihrer Eltern. Wie konnte sie das nur übersehen? Sie nahm es herunter und wusste nicht wohin damit. Sie fuhr mit den Fingern über das kalte Glas und spürte das Salz einer Träne in ihrem Mundwinkel. Ihr Blick verschleierte sich. Die Gegenwart schien langsam zu entrücken. Eine innere Unruhe, Ungewissheit und Angst trieben die fassungslose Frau in eine Scheinwelt, in der Vergangenheit und Zukunftswahnvorstellungen, die alle mit dem Tod liebäugelten, dominierten.

Dann sah sie in einer Ecke die alte aus Holz geschnitzte Madonna. Sie nahm sie hervor und stellte sie vor sich auf den Tisch neben das Foto ihrer Eltern. Die Madonna stand immer auf dem Kasten mit den fünf Schubladen und verlieh ihm so den Anschein eines Altars. Die Mutter hat immer erzählt, dass sie die Madonna von ihrer Großmutter als Brautgeschenk bekommen habe. Vielleicht stammt sie sogar noch aus der Einwanderungszeit.

„Maria hilf mir!", kam es kaum hörbar über Annas Lippen. Vielleicht darf sie ja die kleine Statue mitnehmen.

Dann vernahm sie das Mittagläuten. Sie hatte doch versprochen, bei Trummches Mittag zu essen und dort zu bleiben, bis die um 17 Uhr nach Curtici fahren. Sie soll dann alles absperren und den Schlüssel morgen ins Gemeindehaus tragen. ‚Mein Gott, die wandern wirklich heute aus. Ist ja doch schnell gegangen', dachte sich Anna Blech, während sie in die Stube ging, das Pelzleibchen aus- und einen Mantel anzog.

Draußen lugte die Sonne durch eine zerreißende Wolkendecke. Anna ging langsam in Richtung Trummches-Haus. Die Sonnenstrahlen taten gut. Jakob und Hans haben ihr doch oft genug eingetrichtert, wo sie hingehen soll, wenn sie die Verständigung für den Pass bekommt. In einigen Büros haben sie schon für sie vorgesprochen. Wichtig ist bloß, dass sie immer ein Päckchen Kaffee und eine Schachtel Kent mitnimmt. Für den entsprechenden Vorrat hatte Jakob vorgesorgt.

V

Als Anna Blech bei Trummches die Küche mit den weißblauen Möbeln betrat, sah es gar nicht nach Auswanderung aus. Es hatte sich nichts verändert, weil die einziehenden Rumänen die Möbel gekauft hatten. Sogar das Obstbild in dem von Hans selbst angefertigten Rahmen blieb hängen.

Maria Trumm hatte die dampfende Suppe bereits auf den Tisch gestellt und nachdem die God Platz genommen hatte, wartete Hans erst mal mit einer Nachricht für sie auf.

„Jakob war zuvor da und hat gesagt, dass er mit dem jungen Hellmer in der Johannigasse gesprochen habe. Der erledigt für dich die Wege nach Bukarest und Arad. Du brauchst dir keine Sorgen machen. Der kennt sich aus und hat viele gute Beziehungen. Jakob war auch im Museum. Du kannst deine Madonna am Montag hinbringen. Es wird kein Problem sein, für ihre Ausfuhr eine Genehmigung zu bekommen."

Jetzt konnte die Bleche-God wieder richtig durchatmen. Die Beklommenheit löste sich von ihrer Brust. Sie kannte den jungen Hellmer. Es war ein gutes Gefühl, jemand, der die verschlungenen Wege durch den Behördendschungel kannte, als Ansprechpartner im Dorf zu wissen. Es wird schon werden. Schließlich gehört sie ja nicht zu den Ersten, sondern schon bald zu den Letzten, die diesen Weg ohne Umkehr beschreiten.

Diese Erkenntnis ließ sie sogar Marias Bemerkung, dass heute wieder drei Familien die Genehmigungskarte für den Pass bekommen hätten, gutgelaunt ergänzen: „Na, beim Schlussverkauf geht's halt immer schneller. Nur hier wird's nicht billiger, wie das ja angeblich in Deutschland der Fall sein soll."

--- --- ---

[1994]

Zwei Mädchen aus der Nachbarschaft
Erzählung

Seit Wochen hat das Dorf sich auf das Kirchweihfest vorbereitet. Die Häuser sind frisch getüncht, die Hofzäune gestrichen, der unscheinbarste Unkrautfaden ist aus den Blumenbeeten vor den Häusern und aus den Höfen verschwunden. Wenn die vielen Gäste, besonders aber die Städter, am Sonntagabend nach Hause fahren, müssen sie den Eindruck einer sauberen, unbefleckten, makellos geordneten, allen ungünstigen äußeren Einflüssen zum Trotz noch eine deutschen Welt mit nach Hause nehmen.

Die Sonnenstrahlen lachen aus dem wolkenlosen Junihimmel. Sie scheinen sich schon auf den bevorstehenden Nachmittag zu freuen. Gewöhnlich wirkt das Dorf an heißen Sommertagen über Mittag wie ausgestorben. Heute sollte es anders sein. Alle wussten das, und viele, die gewöhnlich auch samstags erst mit dem 17-Uhr-Zug von der Arbeit kommen, haben sich heute freiverlangt, um schon mittags nach Hause fahren zu können. Problematisch ist das nicht, verbringt doch am nächsten Tag so mancher Meister oder auch höhere Chef ein paar schöne Kirchweihstunden in Jahrmarkt, dem schwäbischen Dorf auf den drei Hügeln, die bereits die Ausläufer der Westkarpaten ankündigen und den Übergang von der Banater Heide zur Hecke markieren. Pünktlich mit dem Mittagläuten erklingt Blasmusik im Hof des Peter und der Leni Steinbach. Die Kirchweihbuben hatten sich vollzählig kurz vor 12:00 Uhr im Vortänzerhaus eingefunden.

Peter und Leni haben seit Jahren auf diesen Tag hin gespart. Ihr Roland ist der Jahrgangsälteste und traditionsgemäß der Vortänzer des heurigen Rekrutenjahrgangs. Jetzt steht das Haus da wie aus dem Baukatalog. Roland hat zwei neue Anzüge bekommen, mit den jeweils dazu passenden Schuhen, natürlich auch blütenweiße Hemden und neue Krawatten. Und die Bachmann Heidi, die Enkelin der vor dem Krieg reichsten Bauernfamilie, hat er zu seiner Vortänzerin auserkoren. Das ganze Dorf hat sich gewundert, dass der aus ärmlichen Verhältnissen stammende Roland Steinbach keinen Korb bekommen hat. Böse Stimmen meinten, es hätte halt kein anderer Kirchweihbub die Heidi gefragt. Die Bachmanns wollten bloß zeigen, dass sie noch immer zu den wohlhabendsten Familien im Dorf gehören. Die Alten, und damit waren die Großmütter gemeint, hätten alles ausgemacht, munkelte der Dorffunk.

Nach zwei flotten Polkas mahnt der Kirchweihvater zum Aufbruch, schließlich ist das Dorf groß und auch nicht das entlegendste Gässchen darf übersehen werden. In schnurgeraden Dreierreihen marschieren die Kirchweihbuben aus dem Hof. Schon der dem Alten-Kammeraden-Marsch vorausgegangene Tambourrhythmus, von zehn kleinen Trommlern meisterhaft angeschlagen, hat die Leute aus den Nachbarhäusern gelockt. Auch Peter und Leni sind den 30 abmarschierenden Burschen bis auf die Straße gefolgt. Während die Kolonne auf dem Kopfsteinpflaster marschiert, gehen der Vortänzer und die zwei Nachtänzer auf den Gehwegen und laden die vor ihren Häusern stehenden Menschen mit einem Glas Wein zum Kirchweihfest ein. Diese bedanken sich in der Regel mit einem Geldschein.

Peter und Leni schauen den Kirchweihbuben anscheinend glücklich nach. Aber schon als Roland am fünften Nachbarshaus stehen bleibt und lächelnd mit dem schwarzhaarigen Mädchen spricht, verdunkeln sich ihre Mienen. Sie drehen sich brüsk um und gehen zurück ins Haus. Es ist noch so viel zu tun. Eine lähmende Unlust hat aber beide ergriffen. Sie werden vom gleichen Gedanken gequält, und trotzdem dauert es eine Weile, bis Leni das Eis bricht. Mit feuchten Augen und erregter Stimme quellt es aus ihr heraus:

„Wo hat es so etwas schon mal gegeben? Der Vortänzer geht mit einer Rumänin. Hast du gesehen, wie der Schein Niklos spöttisch gegrinst hat, als Roland mit dieser Ilona gesprochen hat? Der Bub ist doch verhext. Wofür haben wir das viele Geld ausgegeben? Das ist der Lohn und Dank dafür. Wie soll ich morgen in die Kirche gehen und den Menschen in die Augen schauen? Und der Pfarrer hat es bestimmt auch schon gehört. Wie soll ich mit den Bachmanns reden? Ich schäme mich so. Hat dieser Junge denn kein Herz in der Brust? Wie kann er bei diesen Leuten so tun, als ob nichts wäre? Und die Heidi, was wird die sagen?"

„Wegen der brauchen wir uns nicht den Kopf zerbrechen", unterbricht Peter den gereizten Wortschwall seiner Frau. „Die Zeiten sind längst vorbei, in denen das Vortänzerpaar Mann und Frau werden. Auch früher haben sie sich nicht immer geheiratet. Aber dass es gerade eine Rumänin sein muss, kann ich auch nicht begreifen. Der Junge stürzt sich ins Unglück und zieht uns alle mit. In der Firma muss ich mir fast täglich höhnische Anspielungen gefallen lassen. Ich habe schon immer gesagt, dass es ein Fehler war, ihn ins rumänische Lyzeum zu schicken. Wenn er die Lenau-Schule besuchen würde, wäre das nicht passiert."

Sie sitzen nebeneinander auf der kalten Ofenbank in der Sommerküche und klagen sich aus, während die Marschmusik immer leiser wird. Es gibt zwei unglückliche Menschen an diesem Kirchweihsamstag, die Leni und der Peter Steinbach. Ihre Zukunftshoffnungen wurden von ihrem einzigen Kind, dem Roland, verkörpert. Sie haben unzählige Male davon geträumt, wie es sein wird, wenn er das Lyzeum absolviert, dann vielleicht studiert, ein anständiges Mädchen aus dem Dorf heiratet und sie, die Leni und der Peter, glückliche Großeltern werden. Und jetzt tut der Bub ihnen diese Schmach an. Nur einmal hat ein deutscher Junge eine Rumänin geheiratet, vor zehn Jahren. Die Eltern sind für ihr ganzes Leben gezeichnet. Sie sind gealtert, sehr schnell gealtert, vor Gram und Scham. Leni weint still vor sich hin. Peter blickt finster drein. Lange verharren sie so, obwohl eine Menge Arbeit auf sie wartet. Morgen kommen viele Gäste: Rolands Klassenlehrer, der Schuldirektor, Peters Meister, Lenis Personalchef und der Direktor der Fabrik, in der sie seit 25 Jahren die Büros putzt. Der Direktor. Dieser Begriff setzt sich in Peters Hirn fest. Sein orientierungsloses, von dumpfen Gefühlen dominiertes Grübeln bekommt plötzlich so etwas wie eine Richtung. Der Direktor. Der hat doch mal gesagt, er würde gerne in einem schönen, gepflegten Häuschen mit Hof, Hinterhof und Garten leben. Die Dorfidylle hat er bei ähnlichen Anlässen wie der morgige schon öfter erwähnt. Der Mann kennt doch bestimmt die richtigen Leute. Bei der letzten Schweineschlacht vor Weihnachten hat er, nach etlichen geleerten Weingläsern, von seinen Beziehungen zur Securitate erzählt. Vielleicht könnte er uns zur Ausreise verhelfen. Ja, wenn der Roland nach Deutschland fahren würde, wäre die Geschichte mit der Rumänin bald vergessen. Er ist noch jung, erst 19 Jahre alt, das Alter zum Verlieben, aber auch zum schnellen Vergessen.

Peter räuspert sich, sein Tatendrang ist wieder da. Hoffnung verleiht Kraft. Es ist noch nicht alles verloren. Er kann jetzt sogar trösten, hat er doch ein schlagkräftiges Argument, das er auch sofort einsetzt. Er spürt, dass Leni seine Aufmunterung dringend benötigt, um diese für andere so schönen und für sie so bitteren Kirchweihtage zu überstehen. Seine Stimme klingt plötzlich angriffslustig, ja fast heiter:

„Komm, lass den Kopf jetzt nicht hängen. Morgen kommt doch auch der Direktor, Iorgovan. Ich werde mit ihm reden, dass er uns den Ausreisepass besorgt. Das Haus kann er sich dann vom Staat mieten. Das ist bestimmt kein Problem für ihn. Wir lassen alle Möbel drin, dann muss er nur noch einziehen. Es hat ihm doch schon immer hier gefallen."

„Du willst alles im Stich lassen?", fragt Leni, zu ihrem Mann aufblickend. Ihre Stimme klingt aber nicht verängstigt, sondern eher erleichtert.

„Ja", lautet die entschlossene Antwort.

Der Wind bringt aus der Harmonie gerissene Trompetentöne in die Küche. Sie wirken wie ein Aufruf. Es geht weiter! Es muss weitergehen! Diese Rumänin aus der Nachbarschaft wird ihren Roland nicht kriegen! Dafür werden sie kämpfen. Auf geht's! Es ist noch viel zu tun. Um 16 Uhr kommen die Patinnen und Paten der Vor- und Nachtänzer, um das Paprikasch für die am späten Nachmittag zurückkehrenden Kirchweihbuben und Musikanten zuzubereiten. Leni und Peter Steinbach spüren die neuen Kräfte. Sie machen sich an die Arbeit.

II

Peter zieht genüsslich an seiner Zigarette. Ab und zu nimmt er einen Schluck Kaffee und raucht dann weiter. Er liebt den Anblick der nun schon vertrauten, aber für ihn immer noch mit dem Reiz des Neuen behafteten Umgebung. Der Balkon ihrer Sozialwohnung im dritten Stock nimmt sich aus wie ein militärischer Beobachtungsturm. Die überschaubare Nachbarschaft ist mit Reihenhäusern bebaut. Die Straßen sind asphaltiert. Es gibt keinen Wassergraben, aber viel Grün zwischen den Häusern. Peter fühlt sich wohl in der Stadt an der Donau. Seit neun Monaten sind sie schon in Deutschland. Nach dem Kirchweihfest im vergangenen Juni ging alles sehr schnell. Jetzt wohnt der Direktor in ihrem Haus. Peter blinzelt in die Sonne. Er hat allen Grund, zufrieden zu sein, und er weiß, dass auch Leni es ist. Beide haben schnell Arbeit gefunden. Er wurde in der letzten Mitgliederversammlung des Ortsvereins der hier ansässigen Banater Schwaben zum Referenten für Öffentlichkeitsarbeit gewählt. Roland hat ein Studium in einer nahe gelegenen Stadt begonnen. Am Anfang bekam er jede Woche einen Brief aus Jahrmarkt, dann wurden es weniger und schließlich blieben sie ganz aus. Aus mit der Rumänin, frohlockten Leni und Peter im Stillen. Peters Plan war voll aufgegangen.

Es ist erst 9:00 Uhr. Peter war schon vor dem Frühstück auf dem Flohmarkt. Wenn das Wetter gut ist, lässt er es sich am jeweils letzten Sonntagmorgen des Monats nicht entgehen, ein Bad in der Menge der feilschenden Anbieter und Käufer zu nehmen. Die Kartons mit den Büchern haben es ihm besonders angetan. Da könnte er stundenlang schmökern. Auch heute hat er ein Buch für eine Mark gekauft.

Peter Steinbach – in Jahrmarkt nannte man ihn den Harmonikapeter, weil sein Vater ihm aus der englischen Gefangenschaft eine Ziehharmonika mitgebracht hatte, auf der er schon als Kind immer im Gassengraben neue Melodien improvisierte – setzt sich an den Tisch. Die Wahlveranstaltung der Republikaner im Gasthaus *Zur Mitte* beginnt erst um halb elf. Er nimmt das Buch zur Hand: „Zeitgeschichte;

Franz Schönhuber: Ich war dabei - Der ehrliche Bericht eines Ehemaligen." Ein freundliches Gesicht vor einer Stahlhelmkulisse ziert den Einband. Peter blättert flüchtig, schaut sich die Bilder an, blättert weiter. Da: „Ein Teil der satten, geschichtsunkundigen deutschen Jugend will nicht akzeptieren, dass die treuesten Söhne Deutschlands häufig seine ärmsten waren und gerade heut immer noch sind. In der Nachkriegszeit hatte ich beruflich und privat häufig die deutschen Minderheiten in Ungarn und Rumänien besucht. Mir imponierte dabei, wie sie sich auch jetzt noch gegen die Assimilationsbestrebungen wehren, ihre deutschen Kirchen pflegen, die Vorstellungen der deutschen Theater besuchen. Erst in allerletzter Zeit scheinen sie, besonders in Rumänien, mehr und mehr zur Überzeugung gelangt zu sein, dass sie kaum noch eine Chance haben, ihr Deutschtum zu bewahren. Die Zahl der Aussiedlungsanträge nimmt deshalb sprunghaft zu. Ich fühle mich diesen Deutschen besonders verbunden."

Peter zündet sich eine neue Zigarette an und ruft Leni, sie möge ihm doch bitte noch eine Tasse Kaffee auf den Balkon bringen. Nachdem sie die dampfende Tasse auf den Tisch gestellt hat, zeigt Peter ihr das Zitat. Leni liest und nickt zustimmend. Das klingt doch ganz anders als bei diesem Franzosen aus dem Saarland, Lafontaine, oder so ähnlich. Es passt alles wie bei einem großteiligen Puzzle.

„Wird dieser Schönhuber heute auch reden?", fragt Leni.

„Der nicht, aber der Chef der hiesigen Republikaner, der Moritz Rutmann, wird sprechen. Das ist doch der Vater von diesem Mädchen, das unlängst mit Roland hier war, eine Kommilitonin. Hast du nicht bemerkt, wie Roland von ihr schwärmt?"

„Natürlich habe ich das, aber dass ihr Vater ein so berühmter Politiker ist, wusste ich nicht. Da wird unser Roland noch eine große Partie machen. Und wenn ich denke, wie verblendet er noch vor einem Jahr war."

Leni legt ihre Hände auf Peters Schultern. Sie wird ihm ewig dankbar sein für seine Idee mit dem Direktor. Ewig.

III

Das Gasthaus *Zur Mitte* scheint für diese Wahlveranstaltung der Republikaner viel zu klein zu sein. Auch in den Nebenräumen sind alle Plätze besetzt. Peter findet in einer Ecke des großen Saales noch einen freien Stuhl. Er setzt sich erleichtert hin, denn die misstrauischen Blicke der zwei Boxertypen mit aufgekrempelten Hemdsärmeln und in Lederwesten hatten ihn beim Eintreten ein wenig verunsichert. Die kantigen Gesichtszüge unterhalb der Scheitelfrisuren vor den kurz geschorenen Hinterschädeln wirkten nicht sehr einladend auf ihn. Wenn diese Republikaner echte deutsche Patrioten sind, dann muss eben auch Ordnung und Zucht in ihren Reihen und auch bei ihren Veranstaltungen herrschen, versucht Peter, sich den Sinn dieser martialischen Organisationsmaßnahmen zu erklären.

Die Luft im Saal ist nikotingeschwängert und die Tische sind mit Bierkrügen schwer beladen. Peter lässt seine Blicke über die Köpfe gleiten. Er spürt plötzlich, wie fremd er hier ist. Dort vorne, nahe am Podium, sieht er Gesichter, die ihm bekannt vorkommen. Die wohnen doch auch hier im Viertel, denkt er sich, aber Aussiedler bin ich wohl der einzige in diesem Raum. Warum gehen die Leute denn nicht zu politischen Veranstaltungen? Hier findet man doch Anschluss, unter Gesinnungsgenossen. Diese Republikaner bringen wenigstens Verständnis für die Aussiedler auf. Ich werde im Vorstand der Landsmannschaft über diese Veranstaltung berichten. Und von Franz Schönhubers Buch werde ich auch erzählen. Unsere Vorstandsmitglieder sollen es unter die Leute bringen.

Es geht los. Herr Rutmann tritt ans Mikrofon. Peter blickt voller Erwartung, aber auch mit Bewunderung zu dem Mann, der vielleicht mal sein Mitvater sein wird. Dann wird auch er, Peter Steinbach, in die Politik gehen. Wie werden die Jahrmarkter in ganz Deutschland da aufhorchen, wenn sich das mal herumspricht. Die ersten Begrüßungsworte bekommt er gar nicht bewusst mit. Seine Pläneschmiede im Kopf arbeitet unermüdlich. Dann dringen zuerst Wortfetzen,

Worte und allmählich auch zusammenhängende Sätze an sein Ohr; Sätze, die ihn wie Peitschenhiebe treffen.

„Asylanten ... voll ... Boot ... Kriminelle ... Osteuropäer ... Schmarotzer ... Fremde und Aussiedler leben in Deutschland wie Gott in Frankreich. Man wünscht sich, einer von diesen deutschgetarnten Rumänen zu sein. Ich habe eine Liste mit Leistungen erstellt, die der deutsche Staat, besser gesagt, diese sogenannte christliche Regierung in Bonn den Aussiedlern gewährt, natürlich bezahlt von unseren Steuergeldern. Das ist traumhaft, Leute. Ich sage euch, wenn die hierher kommen, gehen sie zuerst zum Zahnarzt und lassen sich auf unsere Gemeinkosten goldene Zähne einsetzen. Und die Renten, die die beziehen; davon kann unsereiner nur träumen. Hier in dieser Liste steht alles drin. Die Bürger in unserer Stadt konsumieren dieses endlich realistische und wahrheitsgetreue Informationsblatt wie warme Semmeln. Es muss endlich Schluss sein mit diesen Eindringlingen in unser deutsches Vaterland, das wir, ja wir, ohne jedwede Hilfe von außen, ganz allein aus den Trümmern des Krieges aufgebaut haben."

Peter spürt, wie ihm das Blut in die Wangen schießt. Er hat den Eindruck, alle Blicke haften an ihm. Seine Mutter war in der Landwirtschaftlichen Produktionsgenossenschaft beschäftigt, bei den Hühnern. Die Rente, die sie dafür bekommt, ist zum Sterben zu viel und zum Leben zu wenig. Und Gutmachung!? Von wegen! Sie waren schon immer arm gewesen. Es mag ja sein, dass einige ehemalige Großbauern Ausgleichsentschädigungen für ihr von den Kommunisten verstaatlichtes Feld bekommen haben. Aber die vielen Taglöhner, Handwerker und Kleinbauern, was bekommen die? Nichts. Wo nichts war, kann man nichts entschädigen. Peter bekommt Moritz Rutmanns letzte Worte wie ein bedrohliches Grölen in seine schwindende Wahrnehmungsfähigkeit geschleudert. Er spürt, wie der tosende Beifall und die Bravorufe ihn erdrücken. Aber er darf jetzt nicht weglaufen. Um Gottes Willen, nur nicht auffallen. Er hat plötzlich Angst. Ausharren, ich muss bis zum Schluss ausharren, fiebert es in seinem Hirn.

IV

Niedergeschlagen, entmutigt, tief enttäuscht klingelt Peter kurz nach Mittag an der Wohnungstür. Leni öffnet ihm. Sie hat gerötete Augen. Peter sieht es sogleich, obwohl seine Gedanken noch immer von den aufgewühlten Emotionen des soeben überlebten Republikanerorkans verwirrt sind.
„Hast du geweint? Warum?"
„Roland ist gerade aus der Orgelmatinee um Zwölf gekommen. Dieses Mädchen, die Rutmann Silke, ist mit ihm gekommen. Sie ist ganz verzweifelt. Ihr Vater hat ihr heute Morgen eine Szene wegen Roland gemacht. Es wäre nicht das erste Mal gewesen, hat sie gesagt. Er hat ihr verboten, sich mit einem Aussiedler zu zeigen. Jetzt will sie nicht nach Hause gehen. Roland redet in seinem Zimmer auf sie ein."
Leni beginnt zu schluchzen. Peter kann sich des Eindrucks nicht erwehren, dass seine Frau plötzlich unnatürlich schnell gealtert ist. Er legt den Arm um ihre Schulter und versucht zu retten, was noch zu retten ist: „Komm, wir essen jetzt mit den Kindern gemeinsam zu Mittag. Auch hier in Deutschland wird die Suppe nicht so heiß gegessen, wie sie gekocht wird."
Das Mittagmahl verläuft ruhig. Silke und Roland sprechen ihr Leid nicht an und Peter versucht, eine lockere Atmosphäre herbeizureden. Er erkundigt sich nach dem Konzert in der Asamkirche und erzählt, wie er sich mal in Temeswar die Zehenspitzen beim Schlangestehen um Konzertkarten für die Wiener Philharmoniker erfroren hat. Die letzte Karte im freien Verkauf hatte er damals nach stundenlangem Warten noch durch eine Bekanntschaft ergattert, um sich dann im ungeheizten Capitol-Saal kaum erholen zu können.
Die Unterhaltung gerät nicht ins Stocken und alle scheinen dankbar dafür zu sein, denn niemand hat Lust, gerade jetzt das unliebsame Thema aufzutischen. Silke ist zwar zurückhaltend, aber sie wirkt keineswegs mehr niedergeschlagen. Auch Leni hat sich beruhigt und als die zwei Jugendlichen dann zu einer Geburtstagsparty eines Studienkollegen aufbrechen, ist Peter sichtlich mit sich zufrieden. Wäh-

rend Leni in der Küche mit dem Geschirrspülen beginnt, nimmt er seine erst vor wenigen Tagen erworbene Schreibmaschine hervor, stellt sie auf den Tisch im Wohnzimmer, nimmt aus einer Mappe ein Blatt Papier mit der Briefkopfüberschrift „Vereinigung der Banater Schwaben e. V.", steckt es in die Maschine und verharrt tatenlos, mindestens eine Stunde lang. Leni hatte längst einen Blick ins Wohnzimmer geworfen, und sie wusste, dass es jetzt zwecklos war, mit ihrem Peter ein Gespräch zu beginnen.

Durch Peters Kopf wandern Gestalten, geliebte und ungeliebte, wichtige und ihm gleichgültige. Alle spinnen unsichtbare Fäden, die sich nach von ihm nicht nachvollziehbaren, fremden Gesetzen verweben: die Jahrmarkter, die Bachmanns, die dunkelhaarige Ilona mit den feurigen Blicken, der Direktor, Silke, Moritz Rutmann. Darf er, Peter Steinbach, tun, was er jetzt vorhat? Wird er nicht noch größeren Schaden anrichten? Wer gibt ihm, dem Aussiedler Peter Steinbach, das Recht, in das Leben seines Sohnes willkürlich einzugreifen? Hat er das nicht schon einmal getan, als er noch ein Einheimischer und kein Aussiedler war? Peter Steinbach sitzt in einer Nikotinwolke. Im Aschenbecher häufen sich die Zigarettenstummel. Dann geht ein Ruck durch seinen Körper und er beginnt langsam, mit zwei Fingern, zu tippen:

INFORMATIONSBLATT ZU DEN BEVORSTEHENDEN WAHLEN

Liebe Landsleute,

eine ultrarechte Partei beginnt sich in der politischen Landschaft der Bundesrepublik Deutschland zu etablieren. Die Republikaner ziehen mit emotionsgeladenen Patriotismusparolen durchs Land und säen Hass und Zwietracht zwischen die Bürger. Ausländerfeindlichkeit und Asylrechtseinschränkungen sind Grundsätze ihres Parteiprogramms.

Die Spitze der hiesigen Republikaner hat sich diesbezüglich etwas ganz Besonderes einfallen lassen. Sie hetzt auf Flugblättern und in politischen Versammlungen die Bürger gegen die Banater Schwaben und Siebenbürger Sachsen auf, also Deutsche gegen Deutsche. In einem sogenannten Informationsblatt, das Moritz Rutmann, der Chef der hiesigen Republikaner, in Betrieben der Stadt verteilen ließ, werden alle Starthilfen, die der deutsche Staat uns gewährt, in zum Teil übertriebenen Größenordnungen aufgelistet. Auch in einer politischen Veranstaltung der Republikaner im Gasthaus Zur Mitte hat Moritz Rutmann die Stimmung mit aussiedlerfeindlicher Propaganda aufgeheizt. Diese Republikaner wollen jetzt ins Europaparlament und im nächsten Jahr in den Stadtrat unserer Stadt einziehen. Jeder von uns kann sich angesichts obiger Tatsachen ausrechnen, mit welcher Antipathie republikanische Stadträte uns begegnen werden.

Der Bürgermeister und die überwiegende Mehrheit der Stadträte haben das soziale und kulturelle Engagement der Banater Schwaben und Siebenbürger Sachsen stets gewürdigt. Wir wurden in unserer neuen Heimatstadt immer als gleichberechtigte Bürger, die ihre Pflichten und Rechte kennen, aufgenommen und anerkannt.

Liebe Landsleute,

wenn wir auch in Zukunft in dieser Stadt und in dieser Region in sozialem Frieden leben wollen, müssen wir alle zusammenstehen und den Republikanern sowohl bei den Europawahlen als auch bei den Kommunalwahlen eine klare Absage erteilen. Geben wir unsere Stimmen den demokratischen Parteien, die auch in den zurückliegenden Jahrzehnten die Geschicke dieser Stadt mit Verantwortungsgefühl geleitet haben.

Kämpfen wir für Demokratie und gegen jede Art von Radikalismus!

Im Auftrag des Vorstandes
Juni 1989
Peter Steinbach

Der Vorstand der Banater Schwaben hat den Text abgesegnet und das Blatt wird an alle Haushalte der Mitglieder verteilt. Einige Wochen später erwähnen anderen Parteizeitungen diese Initiative der Aussiedler und eine Partei druckt sogar den ganzen Text. Peter ist mit sich und der Welt zufrieden. Er genießt das Gefühl, angekommen zu sein.

Epilog

Jahre später sitzen Roland und Silke mit ihren zwei pubertierenden Kindern auf der Terrasse eines Gartenhäuschens in einem benachbarten Stadtviertel und Roland erzählt von seiner Jugend in jenem fernen südosteuropäischen Land und einem dunkelhaarigen Mädchen mit feurigen Augen, das Ilona hieß. Silke schmunzelt ins Mondlicht. Für sie ist die Geschichte nicht neu.

--- --- ---

[1990]

Der Datenbeschuss
Skizze

Die Menschen saßen im Raum und Daten prasselten auf sie nieder. Ein Arbeitskreis für Geschichte und Kultur der deutschen Siedlungsgebiete im Südosten Europas hatte eingeladen. Die Menschen waren hellwach. Banat und Siebenbürgen. Ein faszinierender Klang. Selbsterlebtes. Der Historiker sprach. Er gab sein Wissen preis und vertiefte sich in die Materie. Es wurden der Daten mehr und mehr. Sie begannen sich zu jagen. Die Menschen wurden müde. Der Bürgermeister kratzte sich verlegen am Kopf. Er hatte als Ehrengast gesprochen. Die Augen der Menschen hangen an seinen Lippen. Vorurteile wären kein typisches deutsches Produkt, hatte er gesagt, sondern ein allgemein menschliches Gefühl wie etwa Hass und Liebe. Die Menschen hatten seine Ehrlichkeit gespürt. Sie waren hingerissen. Jetzt waren sie niedergedrückt. Die Datenflut brauste über sie hinweg. Endlich Pause. Der Bürgermeister verabschiedete sich. Ein Stadtoberhaupt hat immer Termine. Sonntagnachmittags hat er vielleicht auch eine Familie. Viele gingen zur Toilette, um nicht wiederzukehren.

Es ging weiter. Ein zweiter Vortrag begann. Geschichte. Neue alte Ereignisse und ihre Folgen und Daten, Daten, Daten ... Batschka, Serbisch-Banat, Bukowina. Geografische und zeitliche Weiten. Nichts war mehr nachvollziehbar für die noch Anwesenden. Stühle wurden gerückt. Glieder streckten sich. Die Information ging ins Leere. Der Vortragende übersprang Manuskriptseiten. Er verlegte die Themen in eine Diskussion, die nie stattfinden sollte. Ende des Referats hieß noch lange nicht auch Ende der Veranstaltung.

Der letzte Tagesordnungspunkt beinhaltete eine Dichterlesung. Das Datengehämmer war verklungen. Mit einer wohltimbrierten Bassstimme öffnete sich das Dichterherz. Worte beflügelten der Zuhörer Erinnerungskraft. Heimat, einst erlebt, jetzt nachempfunden. Zu viele waren schon gegangen – auch von dort, auch aus dem Saal.

Am Ausgang stand ein Tisch mit Büchern. Eins trug den

Titel *Die nicht sterben wollten.* Bekannte und unbekannte Namen, eine Blumenlese. Ich blätterte und suchte, fand und fand nicht. Einige fehlten. Ob die wohl sterben wollten?

                                      --- --- ---

[1989]

Omis letzter Wunsch
Erzählung

Obwohl Omi sehr alt geworden war, gut über 100 Jahre, stehen viele Leute um den Sarg über dem geöffneten Grab. Sie sind in meist blitzblanken Pkws aus allen Himmelsrichtungen angereist. Ein Friedhofsbesucher hat sich angesichts der vielen fremden Autokennzeichen gewundert und einem Bekannten offenbart, dass seines Wissens weder ein Bundespolitiker noch eine andere Persönlichkeit aus der Unterhaltungsbranche in ihrer Stadt verstorben sei.

Omi hatte aber angeblich, was der verwunderte Friedhofsbesucher sicherlich nicht wissen konnte, mehr als fünfzig Geschwisterkinder beiderlei Geschlechts gehabt. Und die haben alle in einem Dorf am Rande einer längst versunkenen Monarchie gelebt und zum Großteil auch dort auf dem Grunde des Völkermeeres ihre letzte Ruhe gefunden.

Ihre Nachkommen, natürlich weit mehr an Zahl, pflegten und pflegen alle noch verwandtschaftliche oder zumindest bekanntschaftliche Beziehungen zueinander, und die Ältesten von ihnen, die noch am Leben sind, sozusagen die Vertreter der ersten Generation nach Omi, sitzen jetzt auf einer Stuhlreihe vor den trauernden Rentnerinnen und Rentnern der zweiten Generation nach Omi; dahinter die mit gekünstelter Anteilnahme sich ruhig verhaltenden Fahrerinnen und Fahrer der Pkws mit den fremden Kennzeichen. Sie sind die der dritten Generation nach Omi angehörenden Leistungsträger einer Wohlstandsgesellschaft, der sie bereits das meiste geopfert haben, was ihre beiden Vorgängergenerationen noch als lebensnotwendige Werte schätzten und pflegten.

Der Sarg gleitet langsam und geräuschlos mit Hilfe einer Ablassvorrichtung in die Tiefe. Bedächtig greift der Pfarrer zur Schaufel, lässt frische Graberde auf Omis ewige Ruhestätte gleiten, reicht den Hinterbliebenen, die zur Rechten der Stuhlreihe stehen, die Hand, bekundet ihnen sein Beileid und entfernt sich von seinem vorläufig letzten Arbeitsplatz.

Im folgenden Augenblick des Zögerns, wer wohl als Erster zur Schaufel oder zur Weihwasserschale zwecks letzter

Ehrenerweisung schreiten solle, prescht aus der Reihe der Hinterbliebenen ein der vierten Generation nach Omi zuzurechnender Knirps hervor und wirft ein weißes Etwas, das er blitzschnell unter seinem Sweater hervorgezogen hatte, ins Grab. Ein Aufschrei der vor Schreck fast in Ohnmacht fallenden Mutter, eine rotbraun gefärbte Alleinerziehende aus der dritten Generation nach Omi, ist noch nicht im Raunen der Trauergemeinde verklungen, da steht der als sehr aufgeweckt geltende Erstklässler schon wieder mit ernster Miene an seinem angestammten Platz.

Durch diesen Zwischenfall folgt dem Augenblick des Zögerns eine minutenlange Tatenlosigkeit. Der erste Trauernde, der sich dann doch an den Vollzug des Grabritus wagt, greift entschlossen zum Sprengel und macht damit drei Kreuzzeichen über dem Grab. Seine Bewegungen sind langsam, keine lästige Pflichtübung, wie man es von üblichen Sargbespritzungen gewohnt ist. Keiner der ihm folgenden Trauergäste, die sich allmählich in die Warteschlange einreihen, greift zur Schaufel. Die Erde bleibt unberührt und des Pfarrers Abschiedshandlung unnachgeahmt.

Alle Blicke hasten durch die Grube. Sie suchen, wollen einen Punkt erhaschen. Einen weißen Punkt. Das Grab ist tief. Über Omi soll der am Stock gehende, aber sonst noch rüstige 90-jährige Urgroßvater des umtriebigen Thomas einmal den Schlaf der Gerechten genießen. Auch er, der Sohn der Verstorbenen, denkt beim Grabblick nicht an seine Mutter. Er sucht den weißen Gegenstand.

Dessen Position im Grab bleibt allerdings auch beim anschließenden Leichenschmaus umstritten. Der aufgeweckte Erstklässler Thomas schweigt sich aus. Weder Versprechen noch Drohungen können ihn dazu veranlassen, nur ein Sterbenswörtchen über das weiße Etwas, das er seiner Ururgroßmutter, seiner geliebten Omi, auf die letzte Reise mitgegeben hat, zu verlieren. Die Mutmaßungen über den geheimnisvollen Gegenstand – er muss auf jeden Fall flach gewesen sein, sonst hätte er nicht an der Seite des Sargs auf den Grund der Grube abgleiten können – lassen übliche Gespräche in solchen verwandtschaftlich und geografisch weit verzweigten Begräbnisgesellschaften diesmal zu kurz kommen. Kaum jemand brüstet sich noch mit seinem neuen Haus oder lenkt das Gespräch mit schon verzweifelt anmutender Anstrengung auf das Thema Arbeit, um die eigene, angeblich längst sprichwörtlich gewordene Unabkömmlichkeit im Betrieb mit den dazu gehörenden Klageseufzern über mörderische Leistungsdichte ins rechte Licht zu rücken. Niemand langweilt mehr seine Tischnachbarn mit der Anständigkeit und Begabung seiner Kinder und Enkel. Ja selbst die Mitglieder der ersten Generation nach Omi, immerhin noch sechs an der Zahl, sprechen nicht über den Ersten Weltkrieg und die folgende Zwischenkriegszeit, sondern rätseln abwechselnd über den weißen Gegenstand und darüber, wer wohl als Nächster der Verblichenen folgen werde.

Am folgenden Tag suchen zwei von Omis Enkelinnen in ihrer Wohnung – sie hat bis zuletzt allein gelebt - fieberhaft nach der weißen Handtasche. Darin soll sie schon immer ihre Papiere aufbewahrt und besonders im letzten Jahr mit Argusaugen darüber gewacht haben. Man ließ sie gewähren, obwohl bekannt war, dass sie ihren Geburtsschein, ihren Trauschein und den Totenschein ihres längst verstorbenen Gatten immer mit sich herumtrug. Gerade diese Originale bräuchte man jetzt zur Erstellung von Omis Sterbeurkunde.

Die Handtasche gibt es doch schon lange nicht mehr. Wir haben sie bestimmt vor zwei, drei Monaten zum Sperrmüll geworfen, behauptet einer der zwei hinzugekommenen Gatten. Das kann nicht sein, widerspricht seine Frau.

Sie erinnere sich noch, dass Omi die Handtasche bei einem ihrer letzten Verwandtenbesuche in Hamburg dabei hatte. Oder war es in Osthofen? Vielleicht in Frankfurt? So ganz genau wisse sie es jetzt auch nicht mehr. Der Ärger über Omis Schrullen steht allen deutlich ins Gesicht geschrieben. Telefonnummern werden gewählt, überall wird nach einer weißen Handtasche aus Kunstleder, klein und sehr alt, gefragt. Dabei denken freilich alle, sowohl die Anrufer als auch die Angerufenen, sofort an Thomas und seinen Wurf des weißen Etwas in Omis Grab. Keiner spricht aber offen davon. Weil es halt so schwer einen Sinn ergibt. Die Familie beruhigt sich erst, als der Beamte auf dem Rathaus auch mit den vorgelegten Kopien zufrieden ist. Dann gerät die erfolglose Suche nach der weißen Handtasche allmählich in Vergessenheit und nur bei den nächsten sechs Begräbnissen spricht man noch über jenen sonderbaren und nie aufgeklärten Vorfall während Omis Beisetzung.

- - -

Thomas wurde nach vielen Jahren mal gefragt, ob er sich an sein höchst merkwürdiges Verhalten damals bei der Beerdigung seiner Ururgroßmutter erinnere. Die alte Frau und ihr letzter Wunsch wären eigentlich das Einzige, was er aus jenen Kinderjahren im Gedächtnis behalten habe, antwortete er. Warum Omi aber gerade ihn zur Vollstreckung ihres letzten Wunsches auserkoren hatte, wisse er nicht. Ob der weiße Gegenstand aber eine Handtasche oder ein in weißes Papier eingebundenes Gebetbuch war, könne er heute bei bestem Wille nicht mehr sagen. Auch nach diesem hatte man nämlich lange gesucht. Es soll die Namen von Omis Vorfahren und deren Herkunftsorte enthalten haben – auch ein bis heute nicht gelüftetes Geheimnis, waren doch die Kirchenbücher ihres Geburtsortes aus dem 18. Jahrhundert einem Brand zum Opfer gefallen.

--- --- ---

[2001]

Diskussionsrunde
Skizze

Sie waren alle jung. Die Ideale quollen aus ihnen. Nur einer war dabei, der hatte eine Glatze. Er hatte beim Eintritt allen die Hand gereicht und seinen Namen genannt. Das war anscheinend in der Runde nicht üblich, weil sich alle kannten und mit Du anredeten. Es wurde viel geredet und noch mehr geträumt. Alle hatten etwas Gescheites gelernt. Die meisten hatten schon viel probiert und noch viel Zeit vor sich zum Experimentieren. Nur der Glatzkopf war einfacher Arbeiter. Er hörte aufmerksam zu und sprach wenig. Was er sagte, war untheoretisch, viel zu handfest für diese Runde. Dann hielt man ihm ein Mikrofon vor die Nase. Ein Reporter vom lokalen Radiosender. Seine Antwort hatte gar keine Beziehung zu der gestellten Frage. Vielleicht hatte er sie gar nicht verstanden. Langsam füllte sich der Raum mit Menschen und Rauch. Die Kellnerin brachte neue Gläser. Man musste immer lauter reden, um von seinem Nachbarn verstanden zu werden. Die jungen Leute wurden nicht müde, zu debattieren. Nur der eine war mehr still als laut. Er lauschte in die Runde. Dann sagte er, so als wolle er sich entschuldigen, er hätte zu Hause Frau und Kinder, stülpte sich die Kappe auf die Glatze und verließ die Wirtschaft.

Die Altstadt genoss den ersten warmen Frühlingsabend. Der Mann schlenderte langsam durch die Straßen. Er dachte, dass seine Frau und die Kinder wohl schon schlafen werden, und suchte nach dem Sinn des erlebten Abends. Man lebt nicht, wenn man nur dabei ist. Morgen der Abend wird der Familie gehören. Schuster bleibe bei deinem Leisten.

Leise öffnete er die Tür zum Schlafzimmer. Das Bett war unberührt. Der Mann spürte die Schweißperlen auf der Glatze. Er riss die Kinderzimmertür auf. Leer! Auf dem Bett lag ein Zettel: *Lieber Papi, wir sind bei einer wichtigen Diskussionsrunde. Mami haben wir mitgenommen.*

Sie ist weg, stach es ihm durchs Gehirn. Er fühlte Blei in Füßen und Armen. Dieser Zynismus ist eindeutig. Sie hat es aufgegeben. Und die Kinder mitgenommen. Eine Welt stürzte über dem Mann zusammen. Wäre er doch zu Hause geblieben. Wieder war er dem Reiz des Unbekannten erlegen. Diesmal waren die Folgen fatal. Sie hat mich verlassen – mit den Kindern! Im Wohnzimmer steht das Telefon. Ich muss jemand anrufen, irgendjemand. Das Licht brannte. Die Frau und die Kinder schlummerten friedlich auf dem Dreisitzer. Der Fernseher war eingeschaltet. Die Talk-Show im ZDF lief unter dem Motto: *Familie – ein auslaufendes Modell?*

--- --- ---

[1991]

Öfter leben
Erzählung

Kurz vor Feierabend stehen Martin und Peter beisammen. Die beiden kommen eigentlich ganz gut miteinander aus. Sie haben tagsüber zwar wenig Zeit, um sich zu unterhalten, für einen neuen Witz oder eine Anspielung auf die letzten Schlagzeilen gönnen sie sich aber schon mal ein paar Minuten.
Während Peter sich die Ohrstöpsel aus den Ohren nimmt, meint Martin: „Mensch, die Zeitungen hätte ich fast vergessen."
Er sperrt seinen Werkzeugkasten wieder auf und entnimmt ihm eine Tüte mit Zeitungen und Zeitschriften.
„Schau her", wendet er sich wieder Peter zu, „kennst du dieses Blatt? Das ist eine nationalistische Zeitung, die Stimmung für ein Großrumänien macht und auch Hetzkampagnen gegen die Ungarn und Deutschen im Land führt. Walter war die vorige Woche unten und hat mir die alle mitgebracht. Es ist kaum zu glauben, was in dieser Medienlandschaft alles wuchert."
Peter wirft einen verächtlichen Blick auf das gelbe, wie ein verwelktes Blatt aussehende Papier mit den zu klein geratenen und teilweise schon verwischten Zeilen.
„Dieser Schmarrn interessiert mich nicht mehr."
„Ich habe auch noch andere Sachen da. In dieser Zeitschrift sind zwei Bücher von Ana Blandiana und Mircea Dinescu rezensiert."
„Alles Mist. Wie kannst du das lesen? Mich kotzt das an. Wenn ich nur höre von diesem scheiß Rumänisch. Das ist doch keine Sprache. Bist du ein Deutscher oder was bist du? Geh, lass dich auslachen. Was suchst du dann hier, wenn du diesen Blödsinn noch liest? Schon das Papier stinkt nach den dreckigen Zigeunern. Ich hab' mit diesem Nostalgiekrampf längst abgeschlossen."
Peter spuckt in den nahen Spänebehälter. Martin starrt vor sich hin. Das zerknitterte Papier zittert in seiner Hand. Er wagt es nicht, Peter direkt anzuschauen. Dessen spötti-

sche Fratze treibt ihm das Blut in den Kopf. Er hört nur die eisige Stimme: „Bist du ein Spinner!" Dann verliert sich Peters Hohngelächter im gleichmäßigen, plötzlich wohltuenden Brummen der Maschinen. Er ist weg. Die Feierabendsirene heult auf.

- - -

Der Schichtbus verschlingt die Arbeiter, um sie dann in der Stadt auszuspeien, jeden Tag nach der gleichen Prozedur, eintönig, langweilig. Martin zeigt seine Monatskarte. Wie schwere Klötze kleben die Arbeiter in den Sitzen. Die Kastelruther Spatzen, groß und farbig, versperren die Sicht nach außen. Daneben ein kleines Plakat, schwarze Schrift auf rosa Grund: Die Aussiedler – Berliner Compagnie. ‚Ich bin ein Aussiedler', denkt Martin.

Dann torkelt er instinktiv auf die hinterste Sitzbank zu. Er presst die Tüte mit den Zeitungen fest unter den Arm. ‚Du darfst sie jetzt nicht herausnehmen. Die anderen sehen das. Du bist gezeichnet, ein Aussiedler.'

Der Bus hält immer an den gleichen Stellen. Die Menschen verschwinden in den Betonblöcken. ‚Auch sie sind Aussiedler. Alle sind Aussiedler. Keiner ist in dem Block geboren, in dem er untertaucht.'

Die Donau ist dreckig, ganz braun. Sie fließt ostwärts. ‚Der Aussiedlerstrom fließt westwärts. Farblos.' Martin kennt einen, der spuckt immer in die Donau, weil er meint, so seine Wurzeln begießen zu können.

Martin starrt auf seine Schuhspitzen. ‚Die lesen in deinen Augen, dass du ein Aussiedler bist. Du darfst nicht aufblicken.'

Das Haltesignal erklingt. Immer der gleiche Ton. Tassilostraße. ‚Das ist doch auch kein deutscher Name. Ich heiße Bauer. Ich muss hier raus.'

Martin spürt die ersten Frühlingsstrahlen nicht. Er friert. Die große Gemeinschaftsmülltonne steht vor ihm. ‚Du bist ein Deutscher.' Er öffnet den Deckel. Die Tonne ist fast voll. Die Tüte mit den rumänischen Zeitungen hat noch Platz. ‚Ich brauche den Mist nicht. Ich bin ein Deutscher.'

Martin zieht sich die Treppe hinauf. ‚Die kommen aus

Polen. Die können nicht anständig Deutsch. Die Sind Aussiedler. Ich bin ein Deutscher.'
Die Tür fällt ins Schloss. Das Essen bleibt unberührt. Die Frau ist noch in der Firma. Die Kinder sind bei den Großeltern. Martin sinkt ins Sofa. Die Tageszeitung bleibt ungelesen. Diese verdammten Kopfschmerzen. Er schluckt eine Spalttablette.

- - -

Das Abendessen ist beendet. Martins Frau spült das Geschirr ab. Die Kinder necken sich auf der Eckbank.
„Wie war's heute in der Schule", will Martin von seinem Sohn wissen.
„Wir haben unsere Englischarbeiten zurückbekommen."
„Darf ich mal raten?"
„Freilich."
„Drei."
„Kalt."
„Zwei."
„Warm."
„Ha, ich hab's: Eins."
„Logo. Weißt du, was Frau Baum gesagt hat? Wenn ich weiter so mache, kann ich aufs Gymnasium. Sprachen sind dort wichtig. Sie hat gesagt: ‚Eine Sprache ist wie ein Leben. Wer mehrere Sprachen kann, der lebt öfter.' Ist schon komisch, öfter zu leben. Du kannst doch Rumänisch. Und Mutti kann es doch auch. Warum redet ihr eigentlich nie rumänisch miteinander?"
Die Frau hält in ihrer Arbeit inne. Sie schaut zu Martin. Der ist plötzlich blass. Sein Blick eilt unsicher zwischen dem Bub und der Frau hin und her. Seine Augen sind trüb, wie im Fieber. Der Junge fährt unbeirrt fort: „Es muss doch schön sein, fremde Menschen zu verstehen. Warum lernt ihr mich nicht auch diese Sprache? Ist sie nicht gut?"
Martin springt auf. Seine Kieferknochen zucken nervös. Er will reden. Der Knoten sitzt ihm fest im Hals. Er schnappt nach Luft. Die Frau streichelt die blonden Haare des Jungen. Sie scheint begriffen zu haben. Nur Schwesterlein ist unbekümmert mit einer Barbiepuppe beschäftigt. Martin rennt

aus der Wohnung. Er hastet das dunkle Stiegenhaus hinunter. Keuchend reißt er den Deckel der Mülltonne auf. Der Behälter ist leer.

Lustvoll entblößt lacht der Vollmond. Martin sucht den Großen Wagen. Vor einigen Jahren fand er ihn immer westlich, jetzt glaubt er, ihn über sich zu sehen. ‚Er ist derselbe geblieben. Nur ich habe mich verändert.'

Martins Frau und die Kinder schauen in die Nacht. Martin spürt plötzlich die Leichtigkeit aus den Sternen sinken. Das Blei schmilzt ihm in den Beinen. Er schaut zum Fenster hinauf und steigt, leise ein uraltes Volkslied pfeifend, die Treppen hinauf zu den Seinen.

--- --- ---

[1992]

Die Frau und das Probezimmer
Erzählung

„Griß Gott! Wie geht's eich noch so?"
„Dank scheen, merr kann's aushalle." Das Gespräch pendelte sich ein und schon war gemeinsam erlebte Vergangenheit gegenwärtig.
„Wart dehr aah schun mol dehoom?"
„Jo, vormjohr. Im Probezimmer zichte se jetz Pilze."
Ich erhob den Blick zu der Frau und sah die schneeweißen Haare. Die wenigen, nicht störenden Falten in ihrem Gesicht verliehen seinem Ausdruck Würde und ließen unterdrücktes Leid erahnen. Ihre Augen waren leicht gerötet und die Pupillen schimmerten feucht, ohne dass jedoch eine Träne floss. Für ihre Familie war das Probezimmer jahrzehntelang der Dreh- und Angelpunkt ihres Lebens. In ihm wirkten ihr Mann und ihre zwei Söhne. Viele Menschen gingen fast täglich ein und aus. Ideen wurden im Probezimmer geboren, verworfen, wieder aufgegriffen und schließlich verwirklicht. Das Probezimmer war Heimat einer verschworenen Gemeinschaft. Zwischen seinen Wänden kristallisierten sich Freundschaften heraus. Unter seinem Plafond wurde leidenschaftlich um den besseren Weg gerungen. Und immer wieder erklang Musik. Die mit Kirchweihbildern behangenen Wände waren von Musik durchdrungen. Wenn man den Raum betrat, hatte man schlagartig den Alltag vergessen. Verließ man den Raum, oft nach Mitternacht, so wirkte das in ihm Erlebte noch stunden- oft tagelang nach.

Sie war immer dabei, die Frau, zu deren Heim das Probezimmer gehörte. Sie mischte sich nie ein und nahm trotzdem Anteil an allem, was geschah. Sie fühlte mit den Menschen im Probezimmer. Sie spürte ihre Freude, sie teilte ihr Glück, sie erahnte ihre Hoffnungen, sie ertrug mit ihnen Rückschläge und Niederlagen. Sie sah lernende Kinder zu erwachsenen Musikanten heranreifen und sie sah viele zum letzten Mal aus dem Probezimmer gehen. Die Gemeinschaft schrumpfte und schrumpfte. Eines Tages blieben die Söhne aus. Das Probezimmer wurde still und stiller. Die große

Trommel stand einsam in der Ecke. Dann nahm die Frau die Kirchweihbilder von den Wänden. Niemand war dabei. Sie tat es ganz allein.

Am nächsten Morgen in aller früh spielte im Hof die Blechmusik Die Koffer wurden ins Auto getragen. Ihr Mann, der Kapellmeister, stand im Kreis der wenigen, die zum Nochbleiben verurteilt waren. Die bliesen in die Instrumente. Die Polka klang flott aber nicht froh. Die Frau sperrte das Haus ab und gab die Schlüssel den Nachbarsleuten. Ihr letzter Blick, bevor sie den Hof verließ, galt den zwei Fenstern am Probezimmer. Sie waren dunkel und still.

„Ich waaß net, ob's gut war, dass ich nomol dort nunner gfahr sin. Es is vleicht besser, merr bhalt die Vergangenheit so in Erinnerung, wie merr se erlebt hot."

--- --- ---

[1990]

Geächtete Liebe
Erzählung

I

Die schlafende Stadt war weiß. Nur das Wasser der Bega ließ sich nicht in Keusch kleiden. Er spürte Ileanas warme Hand. Der Mond zauberte Millionen von Schneekristallen in die Allee. Lippen trafen sich. Zwei Seelen flossen ineinander.
Te iubesc.
Ich liebe dich.
Die kahlen Äste vernahmen das Flüstern. Sie verstanden viele Sprachen, die Bäume entlang der Bega, und sie wussten, dass Liebe unter ihrem Astgewölbe nicht immer nur Glück bedeutet.
Du musst es deinen Eltern sagen, bedrängte sie ihn.
Er ließ sich erweichen – ich werde es tun – und tat es doch nicht.
Der von seinen Blättern entblößte Baumgang mündete in die ruhende Stadt. Die Straßenbahnhaltestelle war leer. Mit schrill quietschenden Bremsen hielt die letzte Tram.
Ileana streichelte seine Wange und stieg ein. Er schaute der Straßenbahn nach.
Der Weg zum Fabrikstädter Bahnhof führte durch ein schier aussichtsloses Gedankenlabyrinth: Sehnsüchte, Vorurteile, Ängste und immer wieder Rechtfertigungen. Liebe und Kummer. Liebeskummer. Mit welchen Glücksgefühlen er am Anfang diesen Weg gegangen war. Dann hatten sich die Fragen eingestellt, die allmählich wirrer und bedrückender wurden. Zweifel waren wie Nagetiere in ihn eingedrungen. Warum nur? Warum? Konnte ein Mensch einsamer sein, als er es war, wenn allnächtlich die letzte Tram in der Tiefe des Boulevards verschwand?
Der Pendlerzug pfiff in die verschneite Heckenlandschaft. Er blickte durch das eisblumige Fenster des ungeheizten Waggons. Hinter dem Wald lag das Dorf, ein schwarzer Klotz in der weißen Landschaft. Es fröstelte ihn.

Einmal hatte er ein Mädchen geliebt, das er nicht lieben sollte. Diese Liebe war den Dorfverhältnissen zuwidergelaufen. Er war damals zu schwach gewesen, um zu kämpfen. Unter seinen schweren Schritten stöhnte der Schnee. Mitternacht war längst vorbei.

--- ---

Er war mit dem letzten Zug, der sonntags schon um 19.30 Uhr fuhr, aus der Stadt gekommen. Auch diesen Nachmittag hatte er in der Bega-Allee und im Rosenpark verbracht, natürlich mit Ileana. Es war so schön, den werdenden Blüten beim Sprießen zuzusehen und Zukunftspläne zu schmieden. Sie hatten dem Singen der Vögel gelauscht und eine junge Familie beim Spielen mit ihrem Baby beobachtet. Und sie hatten aus einem Eisbecher gegessen und sich Liebesworte zugeflüstert.

Dann war dieser Augenblick gekommen, den er wohl auf Lebzeiten nie vergessen wird. Sie sagte ihm, es wäre ihr letzter gemeinsamer Nachmittag gewesen. Sie könne seine Wankelmütigkeit nicht mehr ertragen und wolle ihn daher vergessen und mit einem anderen Mann, den sie am Schwarzen Meer flüchtig kennengelernt habe, wegziehen, irgendwohin ins Landesinnere.

--- ---

Als er in die Wohnküche trat, saßen alle schon beim Abendmahl: Vater, Mutter, die zwei kleinen Dekretschwesterchen, die Großmutter und eine Großtante. Es war stiller als sonst. Wieso verhielten sich heute alle so ruhig? Die Mädchen mussten doch immer beim Essen zurechtgewiesen werden. Heute waren sie artig, wirkten eingeschüchtert.

Er nahm seinen gewohnten Platz am Tisch ein. Eine unheilvolle Spannung lag im Raum. Die Mutter sah traurig aus. Der Großmutter war die Zuspeise zu stark gesalzen. Sie schien gereizt zu sein und beklagte ihr Schicksal. Die Großtante hatte ihren Platz am Tisch gleich nach seinem Eintreten geräumt. Aus der Ecke, in die sie sich zurückgezogen hatte, konnte sie nun das Zimmer wie ein General überblicken.

Er streute sich zu viel Pfeffer in die Suppe, löffelte aber heroisch weiter und strapazierte seine Beherrschung. Die

Zunge brannte ihm wie Feuer.
Warst mal wieder bei dieser Walachin, polterte es aus dem Vater.
Der letzte Bissen blieb ihm im Hals stecken. Er wusste es: Irgendwann mussten sie es ja erfahren. Ein verirrter Sonnenstrahl lugte durch den Türspalt.
Alle waren aufgestanden, nur er saß noch und starrte entgeistert in die verschmierten Teller. Die anderen gestikulierten plötzlich, schimpften, drohten, schrien Zeter und Mordio. Ihre Stimmen überschlugen sich. Mutter schluchzte: Diese Schande!
Großmutters Dolchstimme war das Produkt purer Hysterie: So ein Unglück über diesem Haus!
Die Mädchen zitterten. Was hatte ihr großer Bruder verbrochen?
Gift spritzte aus der mehr nach Schadenfreude als nach heiligem Zorn klingenden Stimme der zahnlosen Großtante: Wie gut, dass dein Großvater das nicht mehr miterleben muss!
Die Sonne hatte sich hinter aufziehenden Wolken verkrochen. Mond- und sternenlos wurde der Abend.

--- ---

Durch Verräter wie dich haben wir den Krieg verloren, dröhnte es ihm in den Ohren. Eine dochtlose Kerze war die Landstraße in der Nacht. Aus dem Raunen der Maulbeerbäume klang grenzenloses Staunen: Spürt der den Himmel nicht weinen? Hört der die Götter nicht grölen? Sieht der die Wolken nicht bersten?
Er ging auf dem löchrigen Asphalt. Verräter, Verräter, hämmerte sein Puls. Die Straße endete im Nichts. Dann wurde er schneller, lief, stolperte, fiel, raffte sich auf, stieg, kletterte, kroch, schwamm ... gen Westen, immer gen Westen.

II

Die Stadt war weiß. Nur das Wasser der Donau ließ sich nicht in Keusch kleiden.

Der Junge an seiner Seite warf Schneebälle ins Wasser. Der Strom spielte mit den Bällen. Dann zwang er sie zu sein wie er: fließend, unaufhaltsam fließend.

Mit den Augen folgte er dem Spiel, während seine Gedanken dem Strom galten. Die Donau. Sie wirkt so jung und unverbraucht. Weit, gegen Sonnenaufgang, wird sie auch das Wasser der Bega wie diese Schneebälle in ihre Strömung bannen.

Im Delta sterben die Schwäne. Er richtete die früh ergraute Haarsträhne zurecht und seine Stimme klang seltsam in den Ohren des Kindes: Komm, wir machen ein Päckchen.

Er kaufte paar Tafeln Schokolade, paar Fleischkonserven und Lego-Bausteine, ließ alles versandgerecht verpacken und brachte es zur Post.

Wem schickst du das Päckchen?, wollte der Junge wissen.

In einem fernen Land gibt es vielleicht einen kleinen Jungen, der diese Sachen benötigt, um glücklich zu sein wie du.

Er strich dem Jungen über den blonden Schopf und schrieb dann mit ruhiger Hand ein einziges Wort auf den Lieferschein: Rumänien.

Der Postbeamte rückte seine Brille zurecht. Ungläubig schüttelte er den Kopf, hatte aber nach einem Blick in das entschlossene Gesicht seines Gegenübers nichts einzuwenden. Er nahm die Gebühr entgegen und legte das Päckchen sorgfältiger als üblich auf den nächsten Stapel.

III

Renate spürt im Halbschlaf seinen Atem und ein Lächeln huscht über ihr Gesicht, als seine Lippen ihre Wangen berühren. Er wird jetzt aufstehen, in seinen Jogginganzug schlüpfen, sein Fernglas umhängen und gehen. Wenn er wieder kommt, wird er den Horizont in sich tragen, sein Blick wird klar wie die See sein und sein Gemüt strahlen wie die aufgehende Sonne. Er wird es genossen haben wie jeden Morgen, wie jedes Jahr, wenn sie irgendwo am Meer Urlaub machten. Die Sonne wird nur für ihn aufgehen und die Brandung nur für ihn rauschen. Und er wird Brötchen mitbringen, frische Frühstücksbrötchen.

- - -

Die Wellen kamen unentwegt. Sein Blick schweifte über die endlosen Brechungen. Kein Mensch, kein Haus, kein Lärm. Rauschen. Wasserrauschen. Und Möwen, schwerelos. Nur am FKK-Strand eine Gestalt. Sie ging ins Wasser, wurde kleiner, verschwand in den Fluten. Ein Mann? Eine Frau? Ein Spanner hätte zum Fernrohr gegriffen. Er tat es auch, aber seine Augen folgten dem Segel, unendlich weit draußen. Jetzt gleitet es in die aufsteigende Feuerkugel. Welch ein Anblick! Sein Atem ging schneller. Das ist Glück. Er spürte es in seiner Brust. Sie ist da, die Sonne. Die Gestalt tauchte auf, erhob sich aus den Fluten, ging in die Dünen.

- - -

Als er das Appartement betritt, gießt Renate gerade den wohlriechenden Kaffee in die Tassen. Sie ist noch im Nachtkleid. Seine Hände formen sich zu Körbchen, er nähert sich ihr von hinten. Renate weiß, was kommen wird und erschrickt nicht, als ihre Brüste in den Körbchen verschwinden. Seine Lippen saugen sich in ihrem Genick fest; seit zwanzig Jahren, und noch immer ist es Liebe. Hier am Meer ist sie jedes Jahr frei, am helllichten Tag wie auch in mondhellen Nächten. Niemand kann sie hier stören, keine Arbeitszeiten, keine Kinder, keine Eltern oder Schwiegereltern, kein Telefon, kein Hobby, keine Termine, niemand und nichts.

- - - - - -

Es ist die Zeit des Sonnenaufgangs. Er benötigt keinen Wecker, nicht hier am Meer. Sein Erwachen ist ein sachtes Gleiten aus dem Nichts ins Bewusstsein. Er spürt Renates Hand. Sie bedeckt seinen Nabel und gleitet langsam nach unten. Sein Glied kommt ihr entgegen. Auch dieses Aufwachen im Andante-Rhythmus, mit schmeichelnder Hand und auferstehenden Lebensgeistern, ist hier in der mit Meerpartikeln geschwängerten Luft für beide nicht neu, aber immer wieder wie ein Erstes-Mal-Erlebnis.

Er dreht die Dusche voll auf. Renate liegt auf einen Ellenbogen gestützt und schaut befriedigt lächelnd in Richtung Bad. Gleich taucht er auf. Hastig. Ja. Die Hose und Jacke, Strandschuhe, das Fernglas. Dann ist er draußen. Sie hängt sich ihren Morgenmantel um, geht auf den Balkon und folgt ihm mit den Augen durch die Baumreihen hinaus an den Strand, bis er etwas nach links aus ihrem Blickwinkel verschwindet. Jetzt wird er schon zum zweiten Mal an diesem Morgen seinem irdischen Dasein lustvoll entsagen. Dieser Mann. Sie liebt ihn mehr als er sie. Sie trug ihn schon immer in Gedanken mit sich herum wie eine werdende Mutter ihr Baby. Er aber wird jetzt bestimmt nicht an sie denken. Die grenzenlose Weite wird ihn fesseln. Er braucht dieses Gefühl der Unendlichkeit.

- - -

Sein Blick wanderte über den Strand. Der war menschenleer. Die Sonne verbarg ihre strahlende Kraft hinter dem Dunst des Meeres, die Weite war näher gerückt. Dort: die Gestalt im Wasser. Er hob sein Fernglas, blickte hindurch. Eine Frau. Sie stieg in die Wellen und schwamm. Das Fernglas blieb auf sie gerichtet, bis sie verschwand. Wie gut muss die schwimmen können?! Er lenkte seine Schritte in Richtung FKK-Strand. Sie war nicht nackt, diese Schwimmerin. Das hat ihn auch kaum interessiert. Sie musste aber die Morgenstille und den Gruß der Elemente lieben wie er. Seelenverwandtschaft! Er lächelte über seine vermeintliche Einfältigkeit.

- - - - - -

Wir sind zusammen neunzig Jahre alt und treiben es wie die Zwanzigjährigen.
 Ja, aber eben nur zusammen.
 Ich liebe dich.
 Ich dich auch.
 Vergiss die Zeitung nicht und denk dran, deine Unersättlichkeit macht mich hungrig.
 Reich mir mal das Fernglas rüber. Ich bin gleich zurück.
 Die Tür fällt ins Schloss. Renate zieht sich die Decke über den Kopf. Kaum sind wir hier und man spürt, wie er

von Tag zu Tag jünger wird, als wären alle biologischen Gesetze außer Kraft gesetzt. Halte die Zeit an, sagt er immer. Ach könnte ich's doch.

- - -

Seine Schritte schienen die Richtung selbstständig zu bestimmen. Er war heute etwas später dran als sonst. Die Sonnenkugel hatte die Himmel-Meer-Hürde längst überwunden. Eine Frau stieg aus der See. Er war näher gekommen, stand in der gepflasterten Promenade. Keine Seele. Doch, ein Karnickel im Sanddornbusch fesselte für einen Augenblick seine Aufmerksamkeit. Dann schaute er auf. Sie kam über den Strand. Automatisch führte er das Fernglas zu den Augen. Dieser aufrechte Gang, diese Selbstsicherheit und vor allem dieser Körper. Der Haarschnitt. Das Fernglas war doch zu schwach. Die Gesichtszüge waren nicht klar zu erkennen. Es ist schon mehr als zwanzig Jahre her. Unmöglich! Oder doch? Sie könnte in seinem Alter sein. Bei diesem Lebensstil! Da vorne. Sie geht durch den Park auf die Ferienwohnungen zu. Er ließ sich auf eine Bank nieder. Es ist unmöglich. Ileana ging damals fort, mit einem Mann, den sie nicht liebte, fort, in eine Stadt in den Karpaten. Das ist unendlich weit von hier und liegt eine Ewigkeit zurück. Ob sie den Mann wohl lieben gelernt hat? Kann man das überhaupt? Ob sie damals alles verbrannt hat oder in den Müll geschmissen, die vielen Briefe, die er ihr in einem Bündel zurückgeschickt hatte, ihre Briefe, die sie ihm mit ihrer unverwechselbaren Handschrift zum Militär geschickt hatte? Te iubesc, endeten alle. Kein einziges Foto hatte er damals behalten, aber auch nicht vernichtet, nur zurückgeschickt. Sie sollten nicht das Vergessen vereiteln können. Mein Gott! Jetzt, hier in den Dünen diese Bilder hinter seiner Stirn: eine dunkle Ecke in der Bastion, eine verrauchte Kaffeebar in einem steinalten Abwehrwall gegen die Türken, in der Stadt mit dem altösterreichischen Flair. Te iubesc pentru veşnicie. Ich liebe dich in alle Ewigkeit, hatte sie ihm auf die Innenseite seines ledernen Uhrenriemens geschrieben und er hat diese Schrift auf seiner Haut getragen, bis der Riemen, halb vermodert von seinem Schweiß, eines Tages riss. Das war lange, nachdem sie ihn für alle Ewigkeit verlassen hatte. Er fuhr sich mit der flachen Hand übers Gesicht. Der Spuk war weg.

- - -

Renate wartet auf die Semmeln. Der Kaffee dampft schon.

Ich dachte, du bleibst nicht lange. Vor dem Frühstück wird morgen kein Sex mehr serviert.

Sie küsst ihn. Er drückt sie an sich, fasst dann ihre Schultern und schiebt sie sanft von sich. Wie schön sie ist, eine in voller Reife verharrte Frucht. Er beißt sich in ihren Lippen fest. Sie stößt ihn, nach Luft schnappend, zurück: Du bringst mich noch um. Er lacht übermütig: Eines Tages fresse ich dich auf. Dann trage ich dich immer in mir.

Schon gut. Den Kaffee wirst du dir dann aber selber kochen müssen und alles andere auch.

Das Frühstück zieht sich locker eine Stunde hin, wie immer, wenn sie an Wochenenden und Feiertagen beide zu Hause sind; und die Zeitung gehört selbstverständlich dazu. Diese Woche hat nur Feiertage.

Da schau her, unser Badeort hat eine Partnerstadt in den rumänischen Karpaten ... Bist du von Sinnen, mir so die Zeitung aus der Hand zu reißen? Was ist denn da so spannend dran? Die PDS ist hier nun mal heimisch. Also liegt es doch auf der Hand, dass die zu ehemaligen Gesinnungsgenossen Kontakte pflegen.

Er hört nicht zu und liest angespannt. Eine Delegation aus der Partnerstadt hält sich zu einem Meinungsaustausch im Städtchen auf. Es geht wie erwartet um Kommunalpolitik. Hier, der Name der Delegationsleiterin, die Bürgermeisterin. Sogar eine kurze Vita steht da. Zwar kein Foto, aber der Name stimmt. Ileana hatte ihm damals den Namen des Mannes genannt, mit dem sie weggehen werde. Auf Nimmerwiedersehen, hatte sie mit feuchten Augen beteuert. Wirklich weinen, mit Tränen, hatte er sie nie gesehen. Sie war immer stärker als er gewesen. Und, ja, da steht es schwarz auf weiß: Die Delegationsleiterin stammt aus einer Stadt mit einstmals großem deutschem Bevölkerungsanteil.

Zuerst unwillig, aber dann doch verständlich lächelnd,

kennt sie doch die nostalgischen Anfälle ihres Mannes, vertieft Renate sich in eine andere Seite, ohne die Lokalseite wieder in die Hand zu nehmen. Er liest unterdessen den Artikel mindestens fünfmal.

--- ---

Renate greift im Erwachen hinter sich. Er ist nicht da. Sie reibt sich die Augen. Es ist etwas früher als sonst. Ha, er ist getürmt. Abends spät und morgens früh, das hält er nicht aus, mein kleiner Macho. Oder soll er gar beherzigt haben, dass es vor dem Frühstück nichts mehr gibt? Sie muss lachen. Sogar die Zeitung von gestern hat er auf seinem Nachtkästchen liegen lassen. Sonst nimmt er sie morgens immer mit in die Papiertonne. Ein wenig faulenzen dürfte heute schon noch drin sein, denn wenn ich mich jetzt nicht ankleide, muss ich mich nach dem Frühstück vielleicht auch nicht wieder entkleiden lassen. Da wird es bestimmt Mittag, bis wir heute auf Schloss Granitz kommen.

- - -

Der Wellengang war hoch. Stürmisch musste die Nacht gewesen sein. Viele Algen waren herangeschwemmt worden. Es roch nach Teer. Die Kreidefelsen waren nicht zu sehen. Er war verbittert. Niemand wird bei diesem Wetter hinaus ins Meer schwimmen. Ileana hatte ihn aus dem Schlaf gerissen. Ihr Ruf klang hell und deutlich: Te iubesc. Schweißgebadet war er aufgewacht. Die Nacht war vorbei, aber der Tag konnte nicht anbrechen. Jetzt stand er da, fröstelnd. Was will ich überhaupt hier? Das ist doch sinnlos. Sie wird mich nicht wiedererkennen. Die Glatze, der Vollbart, und um mehr als zwanzig Jahre älter. Das soll sie auch nicht. Nur sehen will ich sie, nur einen verstohlenen Blick in ihr Antlitz werfen. Es soll wohl nicht sein, auch das nicht.

Sein Fernglas war machtlos im Nebel, sein Blick getrübt. Zum ersten Mal spürte er die Last des Meeres auf seiner Seele. Sie wird irgendwo dort in der Ferienanlage in ihrem Zimmer sein, wohl noch im Bett liegen. Sollte ihr Mann auch hier sein? Vielleicht lieben sie sich gerade. Ob sie ihm je von mir erzählt hat? Oder? Sollte sie mich schon lange vergessen haben? Ochii care nu se văd se uită. Die Augen, die man nicht sieht, vergisst man, hatte sie damals tröstend gesagt. Sie war eben reifer, viel reifer als ich. Und sie hat doch recht behalten. Ich hatte sie wirklich vergessen. Warum also sollte ich nicht auch längst aus ihrem Gedächtnis gelöscht sein? Es war Schreck, der ihm in die Glieder fuhr. Die Frau kam plötzlich auf ihn zu. Er war schon auf dem Rückweg, als sie seitlich aus dem Park, nur wenige Meter vor ihm, in die Allee trat. Sie kam zum Schwimmen. Er stand da wie versteinert. Sein Atem ging immer schneller. Die Brust drohte ihm zu bersten. Ja, sie war's. Kaum gealtert. Anziehend und unnahbar zugleich. Seine erste große Liebe, damals, trotz aller ethnischen Schranken, wie ein Blitz in ihn gefahren, in jener Fabrik mit Tausenden von Frauen und nur wenigen Männern. Noch fünf, vier, drei, zwei, ein Schritt, dann ging sie, elegant den Bademantel geschultert, in eng anliegenden kurzen Hosen, weit geschnittenem Sweatshirt und in Strandschlappen an der Statue aus Fleisch und Blut vorbei. Ein Augenblick. Sie hatte kurz aufgeschaut. Dann war sie weg. Eine unbändige Kraft zwang ihn, sich umzudrehen. Dort ging sie, war jetzt bald an dem Brettersteg, der auf den Strand führte. Hielt sie den Kopf nicht leicht vornüber geneigt, so wie ein Mensch, der über etwas nachgrübelt? Jetzt! Sie wurde langsamer, blieb stehen, drehte sich zögernd, ganz langsam um, hob den Blick und schaute in seine Richtung. Wie lange? Die Zeit schien zu hinken. Hoffentlich hält sie gleich an, für immer. Sollte sie mich erkannt haben? Du hast die schönsten blauen Augen der Welt, erinnerte er sich plötzlich an ihre vor der Ewigkeit liegenden Worte. Sie drehte sich abrupt um und betrat entschlossen die Holzbohlen. Er sah zu, wie sie sich entkleidete und in den immer noch bewegten Fluten verschwand.

- - -

Du scheinst heute Morgen nicht so recht bei Appetit zu sein, sagt Renate. Der Kaffee wird dich stärken.

Ich habe schlecht geschlafen. Der Ausblick vom Schloss wird mir bestimmt gut tun.

Um die Mittagszeit sind sie Hand in Hand unterwegs zum

Schloss.

--- ---

Sie zieht das Spiel so lange wie möglich in die Länge. Rittlings auf ihm sitzend, massiert Renate ihn mit ihren frisch eingecremten Händen, seinen erigierten Penis so lange wie möglich nicht berührend. Perfekt eingespielte, in unzähligen Liebesritualen erprobte Bewegungen der beiden Körper steigern und konservieren ihre Lust, um dann doch wie so oft viel zu schnell dem Höhepunkt zuzurasen, hemmungslos, unkontrolliert, ja letztendlich ohnmächtig. Sucht auf den anderen, nennen sie es immer, die meist in einem kläglichen Scheitern ändert. Mal kommt er zu früh, mal ... Nein, meist ist er es, der zügellos dem Orgasmus zusteuert, nachdem er in sie eingedrungen ist. Seltener schreit sie im höchsten aller Glücksgefühle vor ihm auf und nur ab und zu, aber doch immer wieder mal, werden sie von der gleichen Glückssträhne davongetragen, über allem Weltlichen dahinschwebend. So hatte es auch in dieser Nacht begonnen, bis urplötzlich ein Gesicht in seinem Kopf aufgetaucht war, Ileanas Gesicht. Er hatte den ganzen Tag über Angst vor diesem Augenblick gehabt.

Renate spürt sofort, dass heute alles vor dem Höhepunkt vorbei sein wird, obwohl er kurz vor dem Orgasmus stand. Verständnisvoll beugt sie sich vor, so weit vor, dass sein Gesicht zwischen ihren Brüsten verschwindet. Ich liebe dich, haucht sie. Seine Hände streicheln ihren nackten Körper. Sein Atem geht noch immer keuchend. Es war wieder mal wie vor vielen, vielen Jahren, als ihre Ehe so manche Betthürde meistern musste. Und sie ist auch diesmal sogar glücklich dabei. Du bleibst ein unerfahrener Jüngling, liebkost sie ihn. Irgendwann schlafen beide dann fest aneinandergeschmiegt ein.

Jetzt ist er schon wieder draußen am Strand, mit seinem Fernglas die einsamen Segel erhaschend.

Er stand an der gleichen Stelle und als Ileana schnurstracks auf ihn zukam, wusste er, dass sie ihn gestern erkannt hatte. Ihre Schritte wurden immer schneller. Trotzdem blieb ein stürmisches Umarmen aus. Für filmreife Wiedersehenszenen waren sie wohl doch schon zu alt. Dicht voreinander stehend, hauchten beide den Namen des anderen. Sie sahen sich nur an und ihre Blicke hielten stand. Die Zeit war irgendwann, vor mehr als zwei Jahrzehnten stehen geblieben. Sie waren nie getrennt, immer beieinander gewesen, immer. Ihre Hände fanden sich. Sie kraulte seinen dichten Bart, fuhr ihm über die Glatze. Seine leicht zitternden Hände berührten ihr Gesicht. Sie ergriff seine Hand und führte ihre Innenseite zum Mund. Es war auch das wie damals. Schnell hatte sie die Oberhand gewonnen, zog ihn in den noch taufrischen Park, auf eine abseits gelegene Bank. Ihre Lippen fanden sich, noch bevor das erste Wort gefallen war. Sie hatten nur eine halbe Stunde Zeit. Die Frühstücksbrötchen wollten verzehrt werden. Es reichte dann doch. Die nie verblichene Vertraulichkeit ermöglichte es. Ileana war damals mit diesem Marineoffizier der Handelsflotte gegangen und nie mehr in ihre Stadt zurückgekehrt; nur einmal, zum Begräbnis ihrer Mutter. Der Mann hat für sie seinen Beruf aufgegeben und ist mit ihr in seine Heimatstadt zurückgekehrt. Ja, sie hat ihn lieben gelernt, mit der Zeit, langsam, Tag für Tag. Er hat sie angebetet wie eine Ikone und am Anfang unglaublich viel Geduld mit ihr aufgebracht. Drei Kinder habe diese Liebe gezeugt. Ja, ja, es war Liebe, was sie für diesen Mann empfand, erwiderte sie auf sein impertinentes und eifersüchtiges Fragen, aber nicht die gleiche Liebe, die sie für ihn empfunden habe, sondern eben eine andere, doch ebenso aufrichtige. Dann war aber das Unglücksjahr 1989 gekommen und ihr Mann sei unter bis heute ungeklärten Umständen in den Tagen vor Weihnachten in einer Schießerei ums Leben gekommen. Sie hat ihre Kinder allein erzogen und sich politisch engagiert. Wie vorher auch, dachte er. Für sie war er in den 70ern sogar in die Partei eingetreten. Es sollte aber doch alles anders kommen. Sie war gegangen, damals, an jenem verheerenden Frühlingsnachmittag. Jetzt hielten sie Händchen und küssten und herzten sich wie einstmals in der altehrwürdigen Bega-Allee. Und sie mussten sich verstecken wie früher. Niemand aus dem Dorf sollte sie sehen. Wie gut sie dieses Versteckspiel beherrschten. Auch jetzt noch. Morgen Nachmittag wird eine Kundgebung mit Merkel und Stoiber an der Seebrücke stattfinden. Um 17 Uhr. Zwei Stunden könnte sie dauern. Sie hätte dann keinen Termin und ihre Delegationsmitglieder würden wahrscheinlich irgendwo auf der Insel unterwegs sein.

- - -

Knusprig sind die Brötchen und das Aroma des Kaffees wirkt wie Vorboten auf einen glücklichen Tag.

Manchmal sind wir wie Sexgreenhorns, heuchelt er mit Anspielung auf die vergangene Nacht Schuldgefühle.

Ist doch schön. Zumindest kann ich morgens danach mit dem Gefühl aufstehen, einen viel jüngeren Mann zu haben, ja, einen Jüngling, dem ich noch einiges beibringen kann.

Das wirst du mir büßen, blinzelt er Renate zu, den heißen Kaffee vergnügt schlürfend. Überrascht zeigt er beim Lesen auf einen Artikel. Da schau her, morgen gibt's 'ne Wahlkampfveranstaltung der CDU an der Seebrücke. Die wählen, am Sonntag glaube ich, einen neuen Landrat.

Oder eine Landrätin, unterbricht sie ihn, und da willst du bestimmt hin.

Wenn du nichts dagegen hast.

Natürlich nicht. Aber bitte ohne mich. Du weißt ja, was ich von diesen politischen Veranstaltungen halte.

- - - - - -

Er war zuerst auf der Strandpromenade in Richtung Kurplatz gegangen, auf halber Strecke aber umgekehrt und mit ausgreifenden Schritten dem Menschenstrom entgegengeeilt. Ja, geeilt, ohne selbst zu merken, dass er eigentlich immer schneller wurde. Die weit zurückliegende Zeit vor seiner Ehe war plötzlich in ihm.

Er klingelte an der Tür im ersten Stock des eleganten Appartementhauses. Ileana öffnete sofort und zog ihn regelrecht hinein. Nur ein Morgenmantel hang auf ihren Schultern - geöffnet. Darunter nichts. Doch, alles: ein schlanker, braun gebrannter, vollkommene Weiblichkeit ausstrahlender Körper. Ileana nahm ihm das Fernglas vom Hals, streifte ihm die Jacke ab, griff nach der Schnalle seines Hosengürtels. Ihre Lippen verbissen sich ineinander. Der Morgenmantel glitt zu Boden. Sie zog ihn mit sich auf den weichen Fellteppich, fort aus dieser Welt, weit zurück in eine längst versunkene Vergangenheit. Ileana konnte nicht warten, griff gierig nach dem, was sie einst frustriert von sich gestoßen hatte, wenigstens einen Bruchteil ihrer geächteten Jugendliebe wollte sie jetzt für sich haben. Die Illusion zurückgekehrten Jugendglücks raubte ihr die Sinne. Er war bis zum Wahnsinn erregt und drang ungestüm, fast brutal in sie. Ihre Leiber hoben und senkten sich in einem immer schneller werdenden Rhythmus, so als hätten sie diesen Liebesakt schon tausendmal vollzogen. Fingernägel krallten sich im Fleisch fest. Sie konnten nicht mehr loslassen. Beide wollten mehr, mehr als der andere überhaupt zu bieten hatte. Ohne sich voneinander zu lösen, drehten sie sich auf dem weichen Fell. Ihre Augen weiteten sich. Ileana richtete sich auf. Seine Hände umklammerten ihre Brüste.

In diesem Augenblick sah er Renate, zu Hause, in der Wohnung. Allein.

Ein Schrei: Glück, Erfüllung. Er kam von der Frau über ihm.

Nein. Er hatte keinen Orgasmus. Alles aus. Erschöpfung total. Ileana beugte sich über ihn, bedeckte sein Gesicht mit heißen Küssen. Ihre Tränen vermischten sich mit seinem Schweiß.

Dann saßen sie lange, nackt, wie spielende Kinder im Sand auf dem Boden und erzählten sich ihr Leben der letzten etwas mehr als zwanzig Jahre.

IV

Das Auto rollt gemächlich auf der rechten Spur dahin. Fast alle überholen es links. Es sind nicht besonders viele unterwegs an diesem Samstagnachmittag. In der Nähe von Berlin fragt Renate ihn nach der gestrigen Kundgebung.

Na ja, die Rede Stoibers klang etwas staatsmännischer als die Merkels. Es habe sich fast so angehört, als ob der Bayer wirklich Kanzlerkandidat werden wolle.

Wie sind die denn vorgefahren, wollte Renate noch beiläufig wissen, mit Limousinen, oder sind sie gar mi'm Hubschrauber gekommen? Muss ja mächtig viel los gewesen sein.

Nein, sie sind ganz normal durch die Fußgängerzone gekommen, sagt er.

Da warst du vermutlich bei einer anderen Kundgebung. In der Zeitung steht heute, sie wären mit einem Schiff bis an die Seebrücke gefahren.

Er wird blass wie der Kalk an der Wand. Krampfhaft umklammern seine Hände das Lenkrad. Er hatte heute Morgen vor dem Wegfahren wirklich nicht mehr die Lokalseite aufgeschlagen.

Nach einer Weile streichelt Renate ihm die blasse Wange und sagt in einem Ton, der nichts, aber auch gar nichts, von irgendeiner Bitterkeit verrät: Ich habe die heutige Zeitung und die mit dem Artikel über diese rumänische Delegation im Koffer verstaut. Ich dachte, du wirst sie bestimmt für deine Artikelsammlung mit Nachrichten aus Rumänien brauchen.

Danke Schatz.

Erst als sie sich Bayern nähern, liefern zu erwartende Alltagsprobleme neuen erlösenden Gesprächsstoff: Arbeit, Kinder, Schule, Haushalt, eben alles, was dazu beitragen wird, auch diesen Urlaub in die Obhut der Vergangenheit zu entlassen.

--- --- ---

[1992]

Brotzeit
Erzählung

Durch ihre Adern floss Bettbahn- und Hydrauliköl sowie Kühlschmierstoff - jahrelang, jahrzehntelang. Wer von ihr spricht, spricht auch von den Männern, die sie bedienten, die täglich Bohrer, Reibahle, Gewindebohrer und Fräser wechselten und am Feierabend müde und unzufrieden mit sich und der Welt die Schaltschlüssel abzogen, weil der Gruppenmeister misstrauisch nach den Ursachen für die zu kleine Stückzahl fragte.

Viele von ihnen sind längst nicht mehr da. Sie sind gegangen, sie wurden gegangen in den wohlverdienten vorgezogenen Ruhestand. Und alle waren froh, als sie gehenmüssen durften. Einer hat mal im ersten Freudentaumel eine Ansichtskarte geschrieben: Endlich fühl ich mich wie ein Mensch, der sein eigener Herr ist. Schöne Grüße vom Obersalzberg. Adolf ... Peinlich, aber nachvollziehbar. Er hieß nämlich wirklich Adolf.

Nur sie blieb, die *Lustig & Frei*, die Maschine, die so viele Männerflüche zu verantworten hatte. Sie schien, zum Hohn jeglichen Fortschritts ihren Standort zu behaupten. Ihre Werkzeuge drehten sich unermüdlich. Die Späne flogen weiter, Tag und Nacht. Hunderttausende Werkstücke hat sie bearbeitet, für ebenso viele Motore, die in ebenso viele Autos eingebaut wurden, um ebenso viele Menschen mit dem Gefühl der Gefühle, unabhängig zu sein, zu beglücken.

Aber dann hatte doch eines Tages auch ihre Stunde geschlagen. Gleich sieben Mann rückten an, um die *Lustig & Frei* abzubauen. Sie kamen von einer Zulieferfirma aus Zwickau.

„Wenn die so weitermachen, steht die *Lustig & Frei* an Weihnachten noch da", hieß es bereits am nächsten Tag.

Die Männer aus Sachsen wurden misstrauisch beäugt. Kaum einer hatte ein freundliches Wort für sie übrig. Dabei hätte man so viel fragen können. Wie geht's bei euch? Spürt man schon eine Besserung? Aber niemand fragte. Die Sachsen grüßten freundlich, wenn sie morgens kamen und verlangten höflich, was sie brauchten. Dafür bekamen sie ein Kopfnicken, nicht allzu spontan – wegen der lädierten Wirbelsäule –, und ohne Lächeln. Die Antworten konnten nicht kürzer sein und klangen bayrischer als bei so manchem zu Hause. Sogar der Oskar aus Schlesien antwortete den verunsicherten Sachsen in einem bayrisch-hochdeutschen Kauderwelsch, das diese immer wieder zum Nachfragen veranlasste.

Es war den Werkern seit etwa drei Jahren klar, dass ihre Arbeitsplätze allmählich den Bach runtergingen und jeder fand jeden gerade gut genug zum Gehen. Dass man eigentlich selbst auch entbehrlich in der Kostenstelle war, daran dachte natürlich keiner.

Die Arbeitskollegen blieben aber freundlich zueinander. Sie wurden sogar von Tag zu Tag freundlicher und lächelten sich auch dann noch verständnisvoll an, als es eigentlich wegen Produktionspannen und kontroversen Ideen vor Spannung hörbar hätte knistern müssen. Die Männer liefen dauernd mit grinsenden Heuchlermasken herum.

Nur wer fehlte, fiel für einen oder mehrere Tage aus diesem verlogenen Rahmen. Auf ihn entlud sich dann die aufgestaute Wut der anderen. Er war plötzlich nicht mehr der gut gelittene Kumpel. Seine Faulheit, seine Naupen und all seine Laster kamen auf den Brotzeittisch. Der Arme wurde gerupft wie ein abgebrühtes Huhn.

- - -

Seit die Arbeiter aus Zwickau die *Lustig & Frei* zum Wegschaffen zerlegten, waren die lieben Kollegen noch näher zusammengerückt. Sie hatten einen gemeinsamen Angriffspunkt. Wie schön waren plötzlich die Brotzeiten. Man konnte kauen und lästern, trinken und lästern, ja sogar spaßen und lästern.

Sechs Männer saßen sich drei und drei an der langgezogenen Tischreihe gegenüber. Früher waren alle Stühle besetzt, aber seit sich die Arbeit auf die Wanderschaft in andere Regionen und Länder begeben hatte, lichteten sich die Sitzplätze im Brotzeitraum langsam aber stetig.

Ferdinand hatte wie immer seine METALL vor sich und

las. Konzentriert ging das gewöhnlich nur zehn, fünfzehn Minuten gut, so lange wie eben das Kauen jede Konversation verhinderte. Danach schluckten seine Augen die Zeilen zwar weiter, doch die Ohren hörten mit und ließen das Gelesene oft nur bruchweise oder auch gar nicht zum Gehirn vordringen. Nur selten schaltete er sich in die nach der Kauphase in Gang kommenden Diskussionen ein. Zu oft hatte er erfahren müssen, dass nur von Sympathien und Antipathien geprägte Emotionen die Gespräche nährten. Allmählich war er in einen Arroganzmantel geschlüpft, der ihn vor ungeliebten Diskussionen zwar schützte, aber andrerseits auch alle Gefühlsventile verstopfte.

Eben hatte er den Leitartikel des IG-Metall-Chefs zur Einführung der 35-Stunden-Woche zu lesen begonnen, als Franz das von den gesättigten Mägen verursachte Dösen unterbrach. Zwanzig Minuten der Brotzeit waren da schon dem Schweigen zum Opfer gefallen. Keiner hatte, trotz des bereits am Morgen von Maschine zu Maschine gelaufenen Gerüchts, dass wieder einer ans Montageband müsse, bis dahin darüber ein Wort verloren.

„Die arbeiten jetzt schon drei Tage an der *Lustig & Frei* und der Schrottkübel steht noch immer da."

„Siehst du nicht, was die ein Tempo drauf haben?", griff Werner gähnend das Thema auf. „Wenn wir so arbeiten würden..."

Moritz lehnte sich genüsslich in seinen Stuhl zurück und rieb sich den Bauch. Seine Augen waren schlitzhaft klein. Der Vollbart ließ sein ovales Gesicht mit der hohen Denkerstirn noch länger werden. Seine Linke, die bis dahin locker auf der Tischplatte lag, ballte sich plötzlich zur Faust, und mit heiserer Stimme legte er los:

„Faules Pack. Die müssen erst mal arbeiten lernen. Das Einzige was die können, ist Geld ausgeben. Die haben ihr Leben lang herumgelungert und die Zeit totgeschlagen und jetzt geben unsere blitzgescheiten Manager ihnen auch noch unsere Maschinen. Eine Mark soll die *Lustig & Frei* gekostet haben. Das soll sich mal einer vorstellen. Aber ist schon gut so. Die werden schon sehen, was sie an dem alten Klump haben. Wie wollen die denn auf dieser Maschine arbeiten? Die sind doch viel zu blöd dazu. Da benötigt man Fachleute, nicht Milchausfahrer und Kolchosbauern."

Hier wurde der immer gehässiger werdende Wortführer, den man nur in grünen Militärhosen kannte, von Ferdinand unterbrochen.

„Wie kannst du so pauschale Anschuldigungen aussprechen?"

Ferdinand, der vor etwa zehn Jahren aus Rumänien nach Deutschland gekommen war, schien sehr erregt. Seine Wangen hatten sich gerötet und er tat jetzt, nachdem er diese Frage mehr hervorgestoßen als fließend ausgesprochen hatte, was man von ihm nicht kannte. Er schob die Zeitschrift unbeherrscht von sich und blickte Moritz herausfordernd an. In seinen Augen war ein unheilvolles Funkeln zu erkennen.

Moritz wollte etwas erwidern, aber der aufgebrachte Ferdinand gab ihm keine Chance. Der musste loswerden, was sich schon lange in seinem tiefsten Innern angestaut hatte.

„Diese Leute aus Ostdeutschland sind auch nicht fauler als wir. Mit was sollten die denn überhaupt arbeiten? Wenn sie Bretter hatten, fehlten die Nägel. Hatten sie Nägel, gingen ihnen die Bretter aus. Ich war kurz nach der Wende in Zwickau im Trabi-Museum. Fahr doch mal hin und schau dir das an. Dort stehen weiterentwickelte Trabimodelle, die nie gebaut werden durften, weil der Staat verordnete, was die Firmen zu tun und zu unterlassen hatten. Du kannst doch überhaupt nicht nachvollziehen, wie man in diesen Ländern gelebt hat. So schizophren es auch klingen mag, es war aber so, dass eben die Menschen durch ihre Arbeit und ihren Einfallsreichtum dieses System überhaupt am Leben hielten. Ich werde dir mal sagen, wie wir in Rumänien gearbeitet haben. Nein, unterbreche mich bloß jetzt nicht, denn du hast überhaupt keine Legitimation, über Menschen zu urteilen, ohne eine blasse Ahnung von ihrer bisherigen Lebensweise zu haben. Wenn in meiner Firma zum Beispiel Ersatzteile für Nähmaschinen fehlten – und die fehlten dauernd -, dann sammelte ich Bleistiftspitzer und kleine Plastikfiguren, die in einer anderen Abteilung der Firma eingespritzt wurden, und ging zu meinen ehemaligen Arbeitskollegen in die große Konfektions– und Strickwarenfabrik, in der ich meine Lehre absolviert hatte, und tauschte den Kleinkram gegen Ersatzteile ein. Nicht für mich, sondern für die Firma. Kannst du das verstehen? Dafür gab's keine Verbesserungsvorschlagsprämien. Kapierst wohl nicht ganz, was? Na dann gib dir ein bisschen Mühe. Wirbel deine Grütze mal durcheinander. Das war Arbeitsplatzsicherung von unten, von ganz unten. Dort konnte man von niemand etwas einfordern."

Die Pausensirene ertönte.

„Ihr scheint dieses System ja doch geliebt zu haben", zischte Moritz spöttisch. „Alles Kommunistenpack!"

„Nur so, eben, nur so konnten wir einigermaßen überleben. Sonst wären wir längst vor Hunger krepiert. Wir haben mehr und schwerer geschuftet, als du es dir überhaupt vorstellen kannst."

Ferdinand hat die letzten Worte herausgeschrien. Auch die Männer an den Nebentischen waren längst aufmerksam geworden und warteten auf die Eskalation. Der aufgebrachte Ferdinand gab sich aber einen Ruck und verließ fluchtartig den Brotzeitraum. Die Glocke hat ihn gerettet. Er war wütend über sich und die Welt. Wie konnte er sich so gehen lassen? Keiner hatte ihm beigestanden. Selbst Oskar war stumm geblieben. Und natürlich wusste er, dass er mit den letzten Sätzen etwas pathetisch übertrieben hatte. Aber das war ihm jetzt auch egal.

- - -

Am nächsten Tag war das Schweigen im Brotzeitraum erdrückend. Durch die Gehirne geisterte noch der gestrige Vorfall.

Ferdinand war nach wie vor gereizt. Er saß vor seiner METALL und wartete auf den Angriff. Die vergangene Nacht hatte er mit dem Erstellen einer Abwehrstrategie zugebracht. Alle möglichen Vorwürfe, die Moritz gegen die Aussiedler vorbringen könnte, waren analysiert und der Plan zum Gegenangriff bis ins kleinste Detail ausgedacht.

Er werde dem Kerl Chauvinismus und ein krankhaft übersteigertes Selbstwertgefühl vorwerfen. Er werde ihm sagen, dass er auf sein Deutschsein gar nicht stolz sein brauche, da er doch persönlich nichts dazu beigetragen habe, dass er in diesem Land geboren wurde, und an dem schon öfter ins Feld geführten Wiederaufbau in Deutschland könne er ebenso wenig eigene Verdienste vorweisen wie die Aussiedler, da er noch viel zu jung sei. Auch von wirklicher Armut und Kampf ums tägliche Brot, von Stasi- und Securitatebespitzelung und vom Geächtetsein hätte er sowieso keine Ahnung und darum auch kein Recht, darüber zu urteilen; es sei denn, er wäre bereit zu lernen. Er solle sich zuerst einmal informieren und dann den Mund aufreißen.

Ferdinand war sich auch sicher, dass Oskar ihn diesmal, sollte es zu einer härteren Auseinandersetzung kommen, unterstützen werde, hatten die Deutschen im Osten, ganz gleich ob das in Polen, der DDR, der Sowjetunion oder in Rumänien war, doch ähnliche Gründe, ihre Heimat zu verlassen. Zu zweit würden sie diesem Großmaul die Gosche schon stopfen, denn die anderen Hiesigen hielten sich schon immer vornehm zurück.

Heinrich, dem Gruppensprecher, dauerte die Stille schon viel zu lange. Er hatte am Vortag frei und wusste nichts von dem peinlichen Zwischenfall, der noch immer die Stimmung belastete.

„Heute scheinen die endlich fertig zu werden mit der *Lustig & Frei*. Es wird auch Zeit. Was die Freunde aber wahrscheinlich nicht wissen, ist, dass man diese Werkstücke nicht mehr lange braucht. Die jetzige Motorgeneration läuft sowieso in einem Jahr aus. Aber mit dem Tempo, das die vorlegen, werden sie auch in dieser kurzen Zeit dem Motorbau genug Kopfschmerzen bereiten."

Ferdinand sah auf. Er spürte, dass alle ihn anstarrten. Moritz grinste unverschämt und schlug in die Kerbe.

„Ich habe schon gestern gesagt, dass die erst mal arbeiten lernen müssen."

Ferdinand wurde der Hemdskragen zu eng. Er bis die Zähne zusammen, dass die Backenknochen schmerzten. ‚Denen sag ich's. Die werden jetzt was erleben.' Er atmete tief durch und wollte zum Reden ansetzen, als er Oskars

Stimme vom anderen Tischende vernahm.

„Hast schon gut gesagt, Heinrich. Diese DDR-ler taugen nichts. Wir haben mal von Schlesien einen Ausflug nach Frankfurt an der Oder gemacht und auch eine Fabrik geschaut. Weißt schon, auf Information. Ich habe gesehen schon damals, die haben nur herumgestanden. Jetzt wollen die von uns Westdeutschen leben."

Das Gespräch kam in Gang. Es wurde sogar lebhaft, teilweise makaber lustig. Alle waren im Grunde einer Meinung. Nur die Verschiedenartigkeit ihrer himmelschreienden Vorurteile ersetzte die zu einer Diskussion benötigten gegensätzlichen Meinungen.

- - -

Ferdinand war nicht mehr dabei. Er hatte sich nach Oskars Äußerung wegen Unwohlseins entschuldigt und war mit unsicheren Schritten an seine Maschine zurückgekehrt.

‚Hoffentlich wird auch sie bald verkauft', war sein einziger Gedanke. ‚Es arbeiten doch so viele Menschen am Band, da werde ja gerade ich nicht verrecken.'

- - - - - - - - -

[1998]

Anklage
Skizze

Die FGL-Konferenz tagt. Das ist kein Spaß. Man merkt es an den todernsten Gesichtszügen. Es ist die x-te Sitzung. Niemand hat es sich leicht gemacht. Aber irgendwann musste ein Schlussstrich gezogen werden. Nun ist es soweit. Die Urteilsverkündung steht bevor. Der Angeklagte wird in den Konferenzraum gebeten. Ja, gebeten, nicht geführt! Man ist schließlich ein zivilisiertes Unternehmen und auch Fehltritte sollen die Würde des Angeklagten nicht lädieren. Der Fertigungsgruppenleiterälteste hat die verantwortungsvolle Aufgabe der Urteilsbegründung und -verkündung übernommen. Werker Aubacke sitzt angespannt auf dem ihm zugewiesenen Platz. Er lauscht in sich gekehrt den Anklagepunkten. Am Anfang glaubt er ein leichtes Vibrato in der Stimme des FGL-Ältesten wahrzunehmen. Dessen Stimme wird aber immer sicherer, bestimmter und nimmt sogar eine bedrohliche Klangfülle an.

- - -

„Tagesstückzahl nicht erreicht. – Schuldig!
Messgeräte nicht geeicht. – Schuldig!
Qualitätsziel verfehlt. – Schuldig!
Notausschalter nicht überprüft. – Schuldig!
Schnittwunde am Arm selbst verschuldet. – Schuldig!
Im Gruppengespräch geschnarcht. – Schuldig!
Bandscheibenschaden durch schlechtes Bücken herbeigeführt. – Schuldig!
Auditorenfragen blödsinnig beantwortet. – Schuldig!
Reinigungslisten nicht unterschrieben. – Schuldig!
Pyramidenstapelung nicht respektiert. – Schuldig!
Arbeitsplatz um drei Minuten zu früh verlassen. – Schuldig!
Beim Sitzen auf einer Rammschutzleiste erwischt. – Schuldig!"

- - -

Es geht weiter. Aubacke bekommt leidlich Mühe mit der

Konzentration. Irgendwann ist der Anklagevorleser mit seiner Liste aber dann doch am Ende.
Jetzt musst du aufstehen. Eine Urteilsverkündung wird stehend in Empfang genommen. Das hat Aubacke in amerikanischen Filmen gesehen. Schließlich ist er ein Kulturmensch. Er erhebt sich und nimmt mit erhobenem Haupt das Urteil entgegen.

- - -

Schweigen. Alle schweigen. Das Urteil war einstimmig zustande gekommen. Der Mann ist eindeutig schuldig. Nur ... Etwas gebeugt von der immensen Last einer Strafmaßverkündung – man ist ja schließlich kein Berufsrichter – spricht der FGL-Älteste dann das Unvermeidliche aus. Seine Stimme hat merklich an Kraft verloren. Er ist halt nur ein Mensch, der Arme. Das spricht eigentlich nicht nur für ihn, sondern für das ganze Gerichtsgremium. Da sah man wirklich feuchte Augen. Oh, oh, Aubacke! Was hast du diesen Menschen angetan?

- - -

Urteilsspruch: „Bis zur Klärung nachstehender Frage wird die Strafmaßverkündung vertagt."
Frage: „Wer arbeitet, wenn Aubacke sitzt?"

- - -   - - -   - - -

[2003]

Das Gruppengespräch
Kurzgeschichte

Es war schwül in der Halle. Der Gruppensprecher dachte aber nicht ums Verrecken daran, seinen Kittel endlich auszuziehen. Immerhin handelte es sich um ein Statussymbol. Er ging mit schlecht gekünstelter Gleichgültigkeit von Arbeiter zu Arbeiter. Um 17 Uhr ist Gruppengespräch. Eine neue Ära war im Anbruch: die Gruppenarbeit und damit verbunden das Gruppengespräch. Ein Kollege ballte die rechte Faust, streckte sie von sich, ließ den Daumen herausschnellen und deutete nach unten. Druck! Ein anderer schlug sich mit der linken Hand in die rechte Armbeuge, so dass Ober- und Unterarm einen rechten Winkel bildeten, und streckte seinen Mittelfinger in Richtung Hallendecke. Du kannst mich mal! Gruppensex, jaulte einer hinter der nächsten Maschine.

Fünf Minuten vor 17 Uhr wurde überall „Halt bei Taktende" gedrückt. Die Leute begaben sich in den zum Konferenzraum umgestalteten Pausenraum. Die Tische waren nach einem Runden-Tisch-Muster aufgestellt. Die Wendezeit war noch frisch in Erinnerung. Ein Holzständer mit einem überdimensionalen Schreibblock stand dort, wo in der Schulklasse die Tafel steht. Die Tische waren leer. Ein Kollege hatte sich noch schnell eine Tasse Kaffee genommen, was einen anderen gleich zu der Bemerkung veranlasste, hier würde jetzt gearbeitet und nicht Kaffeepause gemacht. Der Spott in seiner Stimme war unüberhörbar und galt gar nicht dem Kaffeegenießer, sondern dem Mann im dreckigbraunen, waschbedürftigen Kittel.

Der Gruppensprecher bezog vor dem Schreibblock Stellung. Er hatte sich auf seinen großen Auftritt vorbereitet, war sogar drei Tage auf einem Gruppensprecherlehrgang. Wissenschaftlich, nach neuesten, auf dem Mist irgendeines Managers gewachsenen Methoden sollte auch da vorgegangen werden. Jedes Gruppengespräch braucht ein Thema. So auch dieses.

„Wie fühle ich mich wohl in der Arbeit?", zauberte der

frischgebackene Gruppensprecher als Überschrift in Fünftklässlermanier mit einem schwarzen Filzstift auf das große Schreibblatt.

Lehrgang hin, Lehrgang her, die geröteten Wangen des Gruppensprechers verrieten seine Unsicherheit. Er konnte einem recht leidtun, als er mit verhaltener Stimme zu reden begann. Der Mann war ein anderer geworden. Alles an ihm war förmlich. Seine gekünstelte Sprache glitt ins Lächerliche.

„Also dieses Thema müssen wir heute behandeln. Also, das heißt, was müssen wir tun, damit wir uns in der Arbeit wohlfühlen."

„Ein Pin-up-Girl wäre nicht schlecht", meinte einer, wobei er das U besonders betonte.

Ein anderer verriet, dass ein gesunder Furz sein Wohlbefinden stets animiere.

So ging es lustig weiter, während die Wangenröte sich über Kinn und Hals des Gruppensprechers ausdehnte. Die Arbeiter hatten ihre helle Freude an dem Thema. Keiner empfand Mitleid mit dem hochroten Kopf, der die Gestalt im braunen Kittel nun noch beklagenswerter erscheinen ließ.

Nach etwa zehn Minuten platzte einem der Kollegen wirklich der Kragen. Der Mann wurde echt bissig. Bis dahin hatten alle durcheinandergeredet und ihre saublöden Witze von sich gegeben. Die Stimme des Mannes zitterte. Man sah ihm die Aufregung an.

„Wie kannst du so einen Krampf dahin schreiben. Wer kommt denn schon hierher, um sich wohlzufühlen? Wohlfühlen will ich mich zuhause, im Kreis meiner Familie oder bei meinen Freizeitbeschäftigungen. Hierher komme ich, um zu arbeiten, ja, nach bestem Wissen und Gewissen, für mich und meine Familie, aber auch für die Firma, weil sie mir die Chance zum Leben gibt. Aber wohlfühlen? Nein! Das muss ich mich hier nicht. Wenn diese blöde Formulierung da in irgendeinem Managerhirn entstanden ist, das nicht einmal weiß, was körperliche Arbeit ist, dann kann ich damit gut leben; ist der Schwachsinn aber auf deinem Mist gewachsen, dann tust du mir herzlich leid."

Die eingetretene Ruhe wirkte unheimlich. Alle spürten, dass da einer mit vollem Risiko auf der Geisterspur raste. Ihre Blicke wechselten zwischen dem Kollegen und dem herausgeforderten Gruppensprecher. Da war plötzlich einer, der den Mann im Kittel ernst nahm, einer, der nicht nur immer als Statist mitspielen wollte in dieser Farce, die seit dem Konjunktureinbruch in allen Bereichen vom Vorstand bis zum Pförtner gespielt wurde; der sich dagegen stemmte, weil er anscheinend nicht anders konnte und die große Lüge vom demokratischen Mitbestimmungsprinzip der Gruppenarbeit und der dadurch erzielten Produktionssteigerung bei erheblichen Kostenreduzierungen nicht mehr hören konnte.

Die Ruhe hielt an. Der Mann sprach nicht weiter. Er war in sich zusammengesunken, wie ein leerer Sack. So sieht Resignation aus. Der Gruppensprecher räumte ein, dass er möglicherweise nicht präzise genug formuliert habe. Er wollte eigentlich nur über Maßnahmen sprechen, um die Arbeit zu verbessern, zu erleichtern. Dann teilte er Zettel aus und bat die Leute, Vorschläge zur Verbesserung der Arbeitsabläufe und der Gruppenarbeit sowie zur Gestaltung der wöchentlichen Gruppengespräche aufzuschreiben.

Kaum ausgeteilt, wurden die ersten Zettel auch schon an den zur Pinwand mutierten Schreibblock geheftet: mehr Gruppengespräche, alle an einem Strick ziehen, mehr Gruppengespräche, Gruppengeist entwickeln, mehr Gruppengespräche, öfter den Arbeitsplatz innerhalb der Gruppe wechseln, mehr Gruppengespräche, Weiterqualifizierung, mehr Gruppengespräche ... und immer wieder mehr Gruppengespräche.

Die meisten fühlten sich richtig wohl an diesem Runden-Tisch. Von den vorgesehenen 20 Minuten waren längst 40 geworden. Alle diskutierten über die Zettel. Ernst, unernst? Auf jeden Fall verrann die Zeit.

Nur der eine Kollege verhielt sich ruhig. Er hatte seinen Zettel noch immer nicht angesteckt, obwohl der Gruppensprecher ihn schon zweimal daran erinnert hatte. Erst als der Diskussionsleiter zum Schlusswort ansetzte, schrieb er schnell ein paar Worte mit schwarzem Filzstift auf seinen

Zettel und heftete ihn selbst über alle anderen. So erschien quasi als Überschrift: Keine turnusmäßigen Gruppengespräche – Gruppengespräche nur bei produktionsrelevanten Themen. Über diesen Vorschlag wurde nicht mehr diskutiert. Die Gruppengesprächszeit war bereits um mehr als das Doppelte überzogen.

Epilog

Kurz vor Feierabend rannte der Fertigungsgruppenleiter – hundert Jahre lang nannte man ihn Meister – mit hochrotem Kopf durch die Fertigungshalle und beklagte die mickrige Stückzahl, die an jenem Tag zu verzeichnen war.

--- --- ---

[1994]

Die Karriere des Julius Lerner
Erzählung

Er hatte es immerhin zu etwas gebracht, arbeitete er doch schon in der Qualitätskontrolle. Das hieß: kein Akkord mehr, einen sauberen Kittel statt einer dreckigen Arbeitsschürze und vor allem Gleitzeit. Unwissenden gegenüber konnte er nun gefahrlos behaupten: Ich kann kommen und gehen, wann ich will. Gelegentlich polterte es auch aus ihm heraus: Ich verdiene ein Schweinegeld, ohne zu arbeiten. Er war auf dem Weg nach oben. Ehrgeiz braucht man. Kämpfen muss man können. Und man braucht Schulen, viele Schulabschlüsse mit den entsprechenden Zeugnissen. Dann geht was. Weiterbildung ist heute die Devise, um im Leben weiterzukommen, um jemand zu sein. Und das wollte Julius Lerner um jeden Preis: jemand sein.

Dreißigjährige haben die Welt verändert. Goethe schrieb in seinen dreißiger Lebensjahren den Faust, Beethoven seine Neunte und sogar Jesus war in diesem Lebensabschnitt am Zenit seines weltlichen Wirkens. Auch Julius war im besten dreißiger Alter. Mit 35 hat man das Leben vor sich und das bereits Versäumte noch nicht aus dem Blickfeld verloren. Umschauen schärft oft den Blick für die Zukunft. Nach erfolgreichem Grübeln und Philosophieren schrieb Julius sich in einen einjährigen CNC-Kurs ein. Das wird ihn bestimmt eine Stufe auf der Abteilungshierarchie weiterbringen. Vielleicht Einsteller. Das wird einen Lohn- und Ansehensschub geben.

Ein Jahr fliegt unbemerkt vorbei, wenn man morgens aus dem Haus geht und abends oft – zwei- dreimal die Woche - erst nach Sonnenuntergang heimkommt. Aber gelohnt hat es sich allemal. Eine wunderschöne Urkunde für den erfolgreichen CNC-Kurs war die Belohnung für ein Jahr Verzicht auf ein geregeltes Familienleben. Julius gab das CNC-Diplom gleich mit einer Bewerbung für einen Posten als Maschineneinsteller ab. Mit seinem gesteigerten Selbstbewusstsein fiel ihm das Warten nicht schwer. Er wird schon kommen, der interne Brief mit dem neuen, besseren Job.

Nach einem Jahr vergeblichen Wartens begann Julius daran zu glauben, dass eine Technikerschule bestimmt den bisher vergeblich erhofften Schub bringen wird. Mit 37 schafft man es noch mit Leichtigkeit. Und es ging von vorne los. Zweieinhalb Jahre lang hatte Julius keinen freien Samstag und kaum einen Sonntag, aber er hatte endlich ein neues Diplom und war frischgebackener staatlich geprüfter Techniker.

Das angeknackste Bewusstsein war wieder repariert und der Weg mit Zeugnis und Bewerbung zum Personalbüro eine Selbstverständlichkeit. Das Warten nahm einen neuen Anlauf. Den Hoffnungen folgten die Zweifel. Und neues Grübeln war die Folge. Mit 40 gehört man noch nicht zum alten Eisen. Die Meisterschule wird sein Leben grundsätzlich ändern.

Der mittlerweile 43-jährige Julius Lerner ging mit seinem sauberen Industriemeisterdiplom voller Erwartungen ins Personalbüro. Die werden staunen. Die jungen Damen an den mit EDV-Bildschirmen und Schreibmaschinen bestückten Schreibtischen. Das Fräulein, das ihm damals den CNC-Schein abgenommen und in seiner Personalakte verstaut hatte, und die freundliche Dame, die sein Techniker-Diplom eingeordnet hatte, waren nicht mehr da. Eine nicht sonderlich gut gelaunte Dame nahm ihm das Papier ab und sagte: „Ich werde das Diplom sogleich in ihre Akte heften und die Bewerbung wird bearbeitet. Sie bekommen Bescheid. Auf Wiedersehen Herr Lerner."

Alles braucht seine Zeit. Man kann nicht schon nach ein paar Wochen eine Meisterstelle haben. Schließlich hat schon jeder fünfte, sechste in dieser Firma seinen Meister. Also war Abwarten angesagt. Nach zwei Jahren geht sein Meister sowieso in Rente und dann wird der lang ersehnte Augenblick da sein.

Der Tag kam wirklich schneller als gedacht ... und mit ihm ein neuer, junger Meister. Julius war längst nicht mehr der tatenhungrige Dreißiger. Seine Laune war selten die beste. Er war oft mürrisch und verschlossen. Es war ihm fast entgangen, dass sein Sohn auch im Alter der jungen Meistergeneration war, die allmählich die freiwerdenden und neuen Meisterstellen im Unternehmen besetzten. Er wollte nicht wahrhaben, was so logisch war.

In seiner Verbohrtheit reifte der Entschluss, das Abitur nachzuholen. Das Büffeln begann von neuem. Zwei Abende in der Woche und samstags ging er zur Schule. Seine Familie verstand ihn nicht mehr und seine Arbeitskollegen belächelten ihn. Aber Julius Lerner gab nicht auf.

Ein schöner Herbsttag lag über der Stadt. Julius ging durch den Park. Der farbenprächtige Blätterteppich raschelte unter seinen Schritten. Die Herbstsonne fand Wohlgefallen am durchlässigen Geäst. Julius genoss seine Umgebung. Er atmete tief und zufrieden. Er ist jemand. Julius Lerner, 47 Jahre alt, Absolvent eines CNC-Kurses, der Technikerschule, Meisterschule und mit Abiturdiplom. Heute endlich hatte er Genugtuung für sein Warten, Hoffen, Zweifeln und die vielen Enttäuschungen erfahren. Der Personalchef persönlich hat sein Abiturzeugnis entgegengenommen und dazu feierlich gesagt:

„Ich gratuliere, Herr Lerner. Die Unternehmensleitung hat heute beschlossen, Ihren Sohn, als besten Absolventen der TU München mit der Leitung eines wichtigen Ressorts im Unternehmen zu beauftragen. Es ist das erste Mal, dass ein direkt von der Universität kommender Ingenieur in unserem Haus mit einem solchen Vertrauensvorschuss bedacht wird."

Julius ging schneller. Sein Herz war voll zum Überlaufen. Wie wird seine Frau sich freuen. Sie werden plaudern, sie zwei, bei Kaffee und Kuchen. Mein Gott, wo ist die Zeit nur hingegangen. Julius Lerner rannte durch die Straßen. Nie hatte er es eiliger gehabt als an diesem warmen, sonnigen Herbsttag.

--- --- ---

[1990]

Der Ventilator
Skizze

Die Luftströme aus der zylinderförmigen Umluftanlage konnten die im Herzen der in U-Form aufgebauten Fertigungslinie liegende Arbeitsstelle zweier Kollegen einfach nicht erreichen. 34,6° C zeigte das Thermometer auf der Ablage der Messstelle und das Sonnenstrahlenbombardement auf die Stahl-Glas-Konstruktion des Daches ließ für die vor einer Stunde angebrochene Spätschicht nichts Gutes erahnen.

Schweißdurchdrängte Teeshorts mit dem stolzen Firmenlogo klebten wie Abwaschlappen auf den hängenden Schultern. Zwei träge Gehirne funkten Bleisignale in vier Beine.

Dann ging der Erste wortlos aus der Fertigungslinie, um Luft zu schnappen. Der Zweite sah ihm müde nach. Er war neidisch auf seinen Kollegen, weil der eine Sekunde früher geschaltet hatte. Dann kam der Erste zurück und der Zweite ging ebenso wortlos.

Das Thermometer wähnte sich auf einer Bergtour. Nicht steil, aber stetig ging es nach oben.

Bei 40° C war nach der Arbeitsanweisung gerade Messzeit. Der eine Kollege hob ein Werkstück aus der Maschine, der andere machte willig Platz. Das Messresultat wurde vom Messgerät gespeichert. Der Elektronik war die Hitze wurscht. Die vier Augen sahen längst teilnahmslos in die Messbalken.

Der eine ließ sich, nach Luft schnappend, auf den Stuhl fallen. Der andere schaffte es mit dem Allerwertesten auf den Tisch. Beide, Stuhl und Tisch, sollen – so ein Gerücht – in Bälde entfernt werden, damit die Stückzahlen wieder in die Höhe schnellen.

So dösten sie vor sich hin, ohne Worte und ohne Blicke für die vorbeitaktenden Werkstücke. Urplötzlich bahnte sie sich einen Weg ans Licht, gleichzeitig, eruptionsartig, die gleiche Idee in zwei kochenden Hirnen. Die zwei Kollegen sahen sich an, der eine von unten, der andere von oben. Ein Ventilator - so einfach wie alles Geniale auf dieser Welt – vom Hornbach oder Praktiker oder Saturn. Einfach. Einfacher geht's nicht.

Der Weg ist vorgegeben. Die Firma brilliert in der Öffentlichkeit mit dem effektivsten Ideenprogramm der Republik. Unschlagbar in der deutschen Wirtschaft. Also, nichts als hin zum Meister, einen Verbesserungsvorschlag ausfüllen, abgeben und hoffnungsvoll den Tag zu Ende schwitzen.

Und siehe da. Mitdenken, Mitgestalten wird belohnt. Wo sonst, wenn nicht in diesem Haus? Schon am nächsten Tag wurden die zwei Mitarbeiter in die Meisterbude gerufen. Der Meister reichte ihnen wortlos den Verbesserungsvorschlag. Noch nie wurde einer so schnell bearbeitet, sagte er dazu.

Vier Augen durften lesen. Abgelehnt. Vom Abteilungsleiter höchst persönlich. Ohne Begründung. Das Papier fühlte sich angenehm kühl an, nach einem klimatisierten Büroraum.

--- --- ---

[2002]

Die Glenn Miller Story
Erzählung

Der Abteilungsleiter geht durch die Halle. Sein Anzug passt picobello. Die Binde sitzt perfekt unter dem schneeweißen Kragen. In den Schuhen kann man sich sehen. Der Scheitel macht aus den glänzenden Haaren eine Frisur. Das Gesicht ist glatt rasiert. Der Mann steckt in einer teuren Aktiv-Deodorant-Dufthülle.
Leo wischt sich einen Schweiß-Kühlmitteltropfen aus dem Auge. Er flucht und bedient die Steuerung. Die Zahlen im Display jagen sich in schwindelerregender Eile. Die Motoren starten, der Fräser heult auf, die Bohrer fressen sich in den Stahl. Das Kühl-Schmiermittel zischt aus den Düsen. Leo legt Rohlinge in die Spannvorrichtung. Seine Hände bewegen sich wie Robotergreifer. Sein Gehirn ist lahm, die Umwelt entrückt. Er sieht den Abteilungsleiter um die Maschine schleichen, ohne ihn weiter zu beachten. Der lebt von meiner Drecksarbeit, dröhnt es irgendwo in seinem Unterbewusstsein. Er verfolgt den Gedanken nicht weiter. Den kennt er schon, es ist immer der gleiche, wenn so ein Schaffer durch die Halle schlendert.
Der Abteilungsleiter bleibt stehen. Sein Blick kreist geierhaft, seine Anordnungstriebe treiben ihn zum Handeln.
Leo erwacht aus seiner Bedienlethargie. Aus den Augenwinkeln belauert er den großen Chef.
Der Abteilungsleiter winkt den Meister herbei und sagt etwas zu ihm. Der Meister steht stramm. Er weiß nicht so recht, wohin mit seinen Händen. Die Finger zucken nervös. Er nickt nur zustimmend mit dem Kopf. Vielleicht will er noch etwas sagen. Der Abteilungsleiter gibt ihm keine Gelegenheit dazu. Grußlos stapft er mit der beglückenden Gewissheit, Außergewöhnliches zum guten Gelingen des Produktionsablaufs beigetragen zu haben, weiter.
„Leo, da sind vielleicht ein paar Späne im Abfluss. Schau doch mal nach. An der 10er Einheit tropft Kühlmittel in die Wanne", wendet der Meister sich mit unpersönlicher Stim-

me an den Werker.

Erst als Leo den Schaden behoben und die Maschine wieder gestartet hat, packt ihn die Wut. Dieser Mistkerl. Dem ist ein Arbeiter zu dreckig, dass er ihm ein Wort vergönnen würde. Der braucht mindestens einen Kittel vor sich, um jemand wegen einer Bagatelle zu verdonnern. Leos Laune ist im Keller.

- - -

Die Firma hat für 20 Uhr zu einem Jubiläumsball in den Großen Saal des Stadttheaters geladen. Die gesamte Stadtprominenz ist da und natürlich alle Führungskräfte des Unternehmens. Die beste Big Band der Region ist für den Ball verpflichtet. Leo blickt in den Saal. Er spürt die gekünstelt vornehme Atmosphäre. Es beeindruckt ihn nicht. Dies ist auch nur einer der vielen Bälle, die er mit seinem Tanzorchester schon bestritten hat. Er macht seinem Schlagzeuger ein Zeichen. Der gibt mit den Stöcken den Rhythmus vor. Tanzmelodien locken die Paare aufs Parkett.

Leo legt all sein Gefühl in den sanften Blues. Die Leiber schmiegen sich aneinander. Die Saalbeleuchtung ist nicht ganz eingeschaltet. Auch sie sind nur Menschen. Beifall schlägt Leo entgegen. Er ist nicht ganz zufrieden mit sich. Die Müdigkeit vom 8-Stunden-Trott steckt ihm noch in den Gliedern. Er braucht etwas Starkes, das im Magen brennt. Schon werden seine Solos besser und die Gemüter zugänglicher. Die Steifheit, die über der erlesenen Gesellschaft hing, verflüchtigt sich. Der Abstand Bühne-Saal verringert sich. Das Orchester wächst mit Leo. Seine Posaune weint, seine Phantasie wird reger und reger. Er sieht die Dekolletés. Er spürt das reizende Gemisch von Schweiß und Spray. Und er benötigt etwas Scharfes. Der Alkohol bringt ihn in die angestrebte Stimmung. Dann passiert es. Er sieht seinen Abteilungsleiter. Eine wunderschöne Frau schmiegt sich im Tango an ihn. Leo sieht rot. Die Frau ist sein Typ. Der Schuft. Wieder ist dieser verheerende, selbstzerstörende Hirnstich da: Ich bin nur ein armer Musikant und muss für die spielen. Er sieht nur noch Abteilungsleiter mit schönen Damen durch den nebelhaften Zigarettenrauch gleiten. Ihr sollt büßen.

„Glenn Miller", schreit er in das verdutzte Orchester. „In The Mood!" Plötzlich entlockt er der Posaune merkwürdig schrille Töne, ungewöhnlich für dieses Instrument. Die Tanzpaare drehen sich immer schneller. Leo treibt das Orchester zu Poco accelerando. „Allegro molto", brüllt er den Schlagzeuger an. Die Abteilungsleiter schwitzen. Sie drehen sich in rasendem Tempo, ihre Damen halten sich nur noch fest. Das Orchester spielt. Die Posaunenkulisse fliegt rauf und runter. Der Spaß wird zur Qual. „Da capo", fordert Leo immer wieder. „Ihr sollt tanzen, tanzen wie ich spiele", zischt er. Der Rhythmus wird unmöglich. Leo ist dem Wahnsinn nahe. Er sieht die von Schmerz, aber auch Verbissenheit gezeichnete Fratze des Abteilungsleiters. Der dreht und dreht sich, während viele Paare erschöpft die Tanzfläche verlassen haben. „Der bringt die Frau um. Das Schwein." Leo spürt plötzlich Ohnmacht. „Coda", zeigt er dem Orchester.

- - -

11 Uhr am nächsten Tag. Leo ist müde und lustlos. Seine Augen brennen, sein Kopf brummt. Teil um Teil legt er in die Spannvorrichtung. Der Transferring schwenkt. Die Einheiten arbeiten. Flüchtig streift sein trüber Blick das Fenster. Er sieht in den Hof. Der Abteilungsleiter kommt soeben ausgeruht und frohgelaunt zur Arbeit. Leo regt sich nicht auf. Er schaut nur auf die Hallenuhr. Noch drei Stunden, dann hat er endlich Feierabend.

- - - - - - - - -

[1991]

Ein Lunker wie eine Nadelspitze
Erzählung

I

„Es kann doch nicht sein, dass du jeden Abend Kopfschmerzen hast." Herberts Stimme klang krächzend wie die einer Krähe.

„Du weißt doch, dass ich in den Wechseljahren bin. Was kann ich denn dafür, wenn mein Hormonspiegel verrückt spielt. Nein, lass mich! Ich will jetzt nicht."
Die Stimme Marias klang entschlossen. Sie duldete keinen Widerspruch. Keine Kompromissbereitschaft. Die Kleider fielen auf den Teppich. Diese Frau war immer noch schön und begehrenswert. Niemand würde ihr die 45 Jahre ansehen.
Die Blicke ihres Gatten bohrten sich in ihren Rücken. Seine Rechte ballte sich zur Faust. Er wusste, sie lügt. Seine Ohnmacht röchelte in ihr spöttisches Grinsen. Er sah es nicht, dieses abweisende Gesicht, aber er ahnte es. Schwer und schwerer ging der Atem des wohlbeleibten Fünfzigers.

Maria zog ihr durchsichtiges Nachtkleid provokant langsam an. Sie wusste um seine Wut, seine seit Monaten nicht befriedigte Begierde. Und sie wartete. Sie hatte Geduld. Irgendwann wird er sie freigeben. Dann, ja dann wird sie mit ihrem Versteckspiel endlich aufhören können.

II

„Meine Herrn, die Entscheidung ist gestern im Vorstand gefallen. Eine unserer Produktionsabteilungen wird im kommenden Jahr an unseren neuen Standort in der Tschechischen Republik verlagert. Wir haben den klaren Auftrag bekommen, einen internen Audit durchzuführen und man hat uns so die Chance gewährt, die am wenigsten rentable Abteilung abzugeben."

Die fünf Abteilungsleiter starrten auf das frisch polierte Mahagonifurnier. Der Produktionsvorstand Dr. Herbert

Hopfland wartete. Er hatte Zeit. Als die Starre nicht weichen wollte, fügte er hinzu, dass er natürlich alles versucht habe, um die Abteilung zu behalten. Leider sei er aber gegen seine Vorstandskollegen nicht durchgekommen und die Absegnung durch den Aufsichtsrat wäre so gut wie sicher.

Der Jüngste in der Runde fand als Erster seine Fassung wieder. „Unsere Abteilungen sind eng miteinander verzahnt. Jeder Verlust wird auch in den anderen Bereichen zu spüren sein. Die räumliche Nähe der Abteilungen hat sich bisher auf unsere Zusammenarbeit sehr positiv ausgewirkt."

„Gerade Sie wollen den Vorstand wieder mal belehren. Wohl noch nichts von Globalisierung gehört, Herr Schlosser?" Dr. Hopflands Stimme konnte schneiden.

Der kaum 40-jährige Maschinenbauingenieur Schlosser war aber nicht nur körperlich fit. Als lebensfroher Junggeselle war er nicht bereit, Kleinmut aufkommen zu lassen, geschweige denn gewillt, auf der Managercouch der städtischen Psychiatrie zu landen. Sein Selbstbewusstsein diktierte ihm die Repliken.

„Natürlich weiß ich, dass an Vorstandsbeschlüssen kaum zu rütteln ist. Ich meine natürlich, mit Erfolg zu rütteln, so ..."

„So?", klang Dr. Hopfland immer drohender.

Einen Augenblick schien Schlosser zu zögern, dann huschte ein erlösender Schein über seine männlichen Züge und er setzte an, die gefährliche Kurve zu meistern.

„So ... einfach wird in speziell diesem Fall ein interner Audit wahrscheinlich nicht sein. Hier geht es ja letztendlich um Arbeitsplätze."

„Sie sollten in die Gewerkschaft eintreten." Mehr war von einem Vorstandsmitglied wohl auch kaum zu erwarten.

Jetzt sprang auch ein Kollege Schlosser zur Seite und bemerkte demütig, dass in letzter Konsequenz auch ein Abteilungsleiter seinen Stuhl räumen müsse.

„Wer das sein wird, überlassen wir Audit. Die Fakten vor Ort sollen entscheiden. Ich werde euch allerdings so weit wie möglich entgegenkommen und mich an allen Abnahmen beteiligen. Ihr habt sogar eine Woche Zeit eure Abteilungen auf Vordermann zu bringen ... So meine Herrn, das war's. Die Besprechung morgen früh fällt aus. Wir sehen uns nächste Woche am Freitag um 8.00 Uhr."

III

Maria lag in der Badewanne. Ihre Hände streichelten den nassen Körper. Dieses Duschgel lenkte ihre Hände und Sinne. Es machte ihre Haut glitschig. Die Hände blieben für eine Minute auf den sich härtenden Brustwarzen stehen und glitten dann abwärts, über den Nabel, zwischen die Schenkel. Und die Sinne spielten verrückt unter der Schädeldecke. Sie verwandelten ihre Hände in seine Hände. Die Bank in der Umkleidekabine war weder weich noch hart. Das Badetuch ließ sie das Holz nicht spüren. Ihre nackten Füße hingen links und rechts von der Bank. Ihre Finger hatten sich in seine Brustmuskeln eingekrallt. Sie spürte das Eindringen wie eine Nadelspitze. Nach so langer Zeit. Waren es Wochen, Monate, Jahre? Aber nur einen Augenblick. Ein Riss war es, wie beim ersten Mal. Dann nur noch Ekstase. Allergando. Immer schneller, immer wilder, bis zum gemeinsamen Höhepunkt. Ja, gemeinsam. Und seither fast immer gemeinsam. Ob auf der Bank in der Umkleidekabine oder in der Sauna des Tennisvereins oder bei ihm zu Hause, in seinem Schlafzimmer, auf dem Sofa im Wohnzimmer, unter der Dusche oder auf dem Küchentisch.

IV

Die Motorblockfertigung war aufgeräumt wie noch nie. Eine Woche lang war mehr geputzt als produziert worden. Die Arbeiter wurden mit den absurdesten Theorien konfrontiert. Schlosser machte sich wahrlich nicht beliebt bei den Leuten, aber er wusste, zu welch lächerlichen, praxisfernen Fragen Auditoren neigen können. Mitarbeiterbefragung nennen sie das, was Arbeiter als frustrierende und demotivierende Schikane empfinden. Schlosser konnte es seinen Mitarbeitern leider nicht ersparen, nicht diesmal, wo es um Sein oder

Nichtsein ging. Aber nach dem Spuck werde er sich bei jedem persönlich entschuldigen, das hatte er sich fest vorgenommen.

Und sie waren fit, die Burschen. Das Auditorenteam ließ nicht die geringste Chance aus, um Schwächen im Produktionsablauf aufzudecken. Vier Stunden waren sie schon in der Abteilung, die gestrengen Herren, Befinder über Gut und Böse.

Der Mann an der Endkontrolle drehte Block nach Block auf dem Rollenband um. Er war der Letzte, der das Produkt kontrollierte. Nach ihm wird es der Kunde in der Hand halten. Jede von ihm übersehene Kleinigkeit konnte zu Reklamationen führen. Dr. Hopfland war geräuschlos herangetreten. Er sah den gedankenleeren Routinebewegungen des Arbeiters zu. Der schien wirklich irgendwo, Gott weiß in welchen privaten Gefilden zu weilen. Nur die weißen Zeichen, die er mit einem Stift ab und zu auf einen Block machte, zeugten von zumindest teilweiser geistiger Anwesenheit.

„Guten Tag. Was machen Sie mit diesem Teil."

Dr. Hopflands Stimme klang sehr bestimmt und gar nicht entgegenkommend. Der Mann an der Endkontrolle war überrumpelt. Man sah es ihm an. Der Schreck stand ihm ins Gesicht geschrieben.

„Grüß Gott! ... Ich kontrolliere es."

„Das sehen wir auch."

Eine Schar von vier, fünf Auditoren, alle mit vorgedruckten Bewertungsbögen und Bleistiften bewaffnet, hatten ihn umringt. Es gab kein Entkommen mehr.

„Ich meine genau dieses Werkstück. Ist es i.O. oder n.i.O.?", fragte Dr. Hopfland mit bestimmtem Ton.

Der Mann drehte den Motorblock vor und zurück, noch einmal und noch einmal. Dann sagte er mit zitternder Stimme: „i.O".

„Und den hier? Diesen Lunker haben Sie nicht gesehen?"

„Doch, aber der ist ja so klein wie eine Nadelspitze."

„Haben sie keine Arbeitsanweisung?"

„Schon."

„Und was besagt die?"

„Wenn ein Lunker ... innerhalb der ... Dichtungsfläche liegt, ... ist das Werkstück n.i.O."

„Sehen Sie? Und warum haben Sie die Sichtlehre nicht benutzt, um festzustellen, ob dieser Lunker im Bereich der Abdichtfläche liegt?"

„Weil ... weil er so klein ist, dass ..."

„Meine Herrn, hier werden Arbeitsanweisungen grob fahrlässig missachtet." Diensteifrig begannen die Bleistifte ihre Spuren auf den Bewertungsbögen zu hinterlassen.

V

Freitagmorgen, 8.00 Uhr. Arbeitsmappen auf der Mahagonitischplatte. Darauf jeweils zwei Hände, insgesamt acht leicht zitternde oder mit Fingerklopfbewegungen beschäftigte und zwei merkwürdig ruhige. Warten auf Dr. Herbert Hopfland. Die fünf Herren hätten allesamt lieber auf Godot gewartet.

„Guten Morgen, meine Herrn."

„Guten Morgen."

„Wir haben unsere interne Auditierung gestern erfolgreich abgeschlossen. Ich muss sie alle beglückwünschen. Sie haben in dieser Woche wirklich Hervorragendes geleistet. Das Resultat kennen Sie bestimmt schon. Wir haben in vier Abteilungen einen Erfüllungsgrad von 95% und mehr erreicht. Leider sind wir beim Motorblock noch kurz vor dem Ende knapp unter die 90%-Marke gerutscht. Es tut mir leid für Sie, Herr Schlosser."

Zehn Augen waren auf den Angesprochenen gerichtet. Dessen Hände lagen noch immer ruhig auf der schwarzen Ledermappe. Er erwiderte jeden Blick in der Runde einzeln, auch den Dr. Hopflands. Hat er irgendeinen Beistand erwartet? Kaum. Es kam auch keiner.

„Den Lunker auf der Kopffläche des Motorblocks hätte ich auch glatt übersehen", sagte er mit ruhiger, aber sehr entschiedener Stimme.

„So, so", gab Dr. Hopfland sich erstaunt.

„Ja, denn er war kleiner als eine Nadelspitze und in keiner

Weise funktionsrelevant."

Dr. Hopfland war plötzlich rot im Gesicht. Er war aufgesprungen.

„Ich will diesen dämlichen Vergleich nicht mehr hören. Ihre Abteilung wird in das neue Werk in der Tschechischen Republik verlagert. Sie bekommen aber wahrscheinlich die Gelegenheit, die Abteilung dort neu aufzubauen und zu führen. Ich hoffe, Sie werden sich diese Chance nicht entgehen lassen. Der Vorstand wird die Entscheidung heute Abend in einer Dringlichkeitssitzung absegnen."

VI

Nach Feierabend saß Branco in seinem Wagen und fuhr Richtung Tennisklub. Er griff zum Handy und wählte an der ersten großen Kreuzung eine Nummer.

„Hallo, Maria?"

„Ja, Branco"

„Kannst du kommen, Schatz? Wir haben heute den ganzen Abend für uns. Mein Tenniskollege vom Verein, Herr Schlosser, hat mir gesagt, Herbert hätte eine Dringlichkeitssitzung auf Vorstandsebene."

„Bin schon unterwegs."

--- --- ---

[2002]

Mein Spezi
Charakterskizze

Mein Spezi kommt aus dem Banat. Er will aber kein Banater Schwabe sein, weil er kein Aussiedler sein will, die man ihm zu oft mit den Asylanten verwechselt. Er sagt, ich bin doch kein Ausländer, ich bin doch ein Deutscher, nur eben aus dem Banat. Aber bitte sehr, kein Banater Schwabe, aber ein Deutscher unbedingt. Sein Vater – Gott hab ihn selig – war freiwillig bei der Waffen-SS. Darauf ist er besonders stolz, mein Spezi.
Was ich an meinem Spezi so schätze, ist seine entwaffnende Ehrlichkeit. Er habe nie etwas mit der Securitate zu tun gehabt. Wie der das sagt. Man muss es ihm einfach glauben. Dass er einen Busenfreund, noch aus der Schulzeit, hatte, der rein zufällig Securitateoffizier war, das hätte zu seiner aufrichtigen Gesinnung nie im Widerspruch gestanden. So ist halt das Leben. Freilich hatte er, mein Spezi, damals im 78er erfahren, dass vier Nachbarn die Flucht nach Jugoslawien planten. Dass sie dann aber kurz vor der Donau von einer Grenzschutzpatrouille geschnappt wurden, war blödes Pech. Und wäre Hans beim ersten „Stai" („Halt") stehen geblieben, hätte er nicht ins Gras beißen müssen. Meines Spezis Freund war zwar Securitateoffizier, aber solche Sachen wie die mit der geplanten Flucht hätte er, mein Spezi, nie weitererzählt, beteuert er. Für ihn klingt das auch alles unanfechtbar glaubwürdig.
Ansonsten ist mein Spezi ein prima Kerl. Vor allem ist er sehr fleißig. Er hat sogar zwei Arbeitsplätze, aber nur eine Lohnsteuerkarte. Den findest du nie daheim, nicht einmal samstags. Der ist immer auf der Arbeit, loben die Leute. Der ist tüchtig. Niemand fragt nach seiner Frau. Braucht man auch nicht. Die ist vollbeschäftigt. Sie verkauft in der Fußgängerzone den *Wachturm*.
Mein Spezi und seine Frau sind eine ehrbare Familie. Sie haben auch Kinder. Die sind aber nie zu Hause, immer irgendwo unterwegs: der Bub ziellos wie ein streunender Hund, das Mädchen mit einem Babysittersyndrom. Wie gut,

dass mein Spezi für sich und seine geliebte Familie dieses wuchtige Haus gebaut hat.
Zurzeit bastelt er, mein Spezi, an seiner Karriere. Bisher hatte er Erfolg. Zwei seiner Arbeitskollegen haben sich schon das Leben genommen. Zusätzlich plant mein Spezi gleich zwei Scheidungen. Er sucht jetzt nach einer Einheimischen, einer rein deutschen Frau, keine Banatdeutsche mehr. Und zu seinem Spezi, der sich weiterhin stur zu seinem Banater Schwabentum bekennt, bricht er auch alle Brücken ab. Also bin ich ab sofort nicht mehr der Spezi meines Spezis.

--- --- ---

[1996]

Erstes Phantomgespräch

MEISTER: Du musst ab heute mindestens 1000 Teile bearbeiten.
ARBEITER: Wir machen, was die Maschine hergibt. Wenn keine Störungen auftreten, müssten wir das schaffen.
MEISTER: Du musst das allein schaffen. Ab heute ist nur noch ein Mann auf der Anlage.
ARBEITER: Das wird wohl kaum machbar sein.
MEISTER: Es tut mir leid, ist nicht auf meinem Mist gewachsen.
ARBEITER: Wer gibt denn so absurde Anweisungen. Den wollte ich gerne kennen lernen.
MEISTER: Hier ist er ja. Herr I. von der Planung hat das so geplant und das muss dann auch so klappen.
ARBEITER (zu Herr I.): Das ist wirklich sehr schwierig. Da muss ein Mann den ganzen Tag vom Zuführband zum Abnahmeband und zurück rennen. Der macht ja Kilometer, und das im Laufschritt, wenn er nur annähernd an diese Stückzahl herankommen will.
HERR I.: Wenn Sie jede Minute ausnutzen, werden Sie es schaffen. Die Planung ist bestimmt realistisch. Sie wurde in einem Workshop ausgearbeitet.
ARBEITER: Wir, Pardon!, ich werde mein Bestes geben. Trotzdem wäre ich dankbar, wenn Sie mir noch eine belanglose Bemerkung gestatten würden.
HERR I.: Ja, bitte. Ich bin immer für ein offenes Gespräch. Konstruktive Mitarbeit gehört zu einem gesunden Kollektivgeist.
ARBEITER: Sie haben bei Ihrer hervorragenden Planung nur einen kleinen, zwar unwesentlichen, aber immerhin vorhandenen Faktor vergessen.
HERR I.: Und zwar?
ARBEITER: Den Arbeitsfaktor Mensch haben Sie nicht berücksichtigt. Aber Sie haben schon Recht. Es lohnt sich bei dem millionenfachen Angebot an Arbeitskräften auch kaum, ihn zu berücksichtigen. Als ein Produkt der fleischlichen Lust wird der Faktor Mensch immer in ausreichender

Menge vorhanden sein. Sie brauchen sich aber darüber keinen Kopf zerbrechen. Trotz dieses kleinen Schnitzers – oder gerade dank ihm – werden Sie bestimmt noch eine glänzende Karriere machen. Vergessen ist doch so menschlich, ein wesentlicher Faktor unseres Seins.

- - -

Nach einem Jahr wurde ARBEITER in eine andere Abteilung versetzt und erfuhr kurz danach, dass HERR I. Abteilungsleiter seiner bisherigen Abteilung wurde.

- - - - - - - - -

[1991]

Ein verkorkster Urlaubstag
Erzählung

Arno ist ein moderner Typ. Und er lebt bewusst. Er versteht es, seine Freizeit mit fast wissenschaftlicher Präzision zu genießen. Schon Monate voraus plant er den großen Fernsehereignissen entsprechend seine Urlaubstage. Das Entgegenfiebern und die in ihm enthaltene Vorfreude bestimmen seinen Lebensrhythmus. Noch so viele Tage bis zur Wahl, noch so viele Tage bis zur Weltmeisterschaft, noch so viele Tage bis zum Open-Air-Festival ... noch so viele Tage bis zum Ultimatum.

Der Tag x mit der Stunde 0 war da. Arno hatte sich freigenommen. Obwohl die Direktübertragungen schon für 6 Uhr anberaumt waren, ließ er sich Zeit. Um 8 Uhr stand er auf, nahm ein warmes Bad, frühstückte gemütlich, stellte sich den Cognac griffbereit, versorgte sich mit Knabbersachen und Zigaretten. Dann ließ er sich in den tiefen Fernsehsessel sinken. ‚Es ist zwar schon um 6 Uhr losgegangen, aber das wird ja was Langes, so dass ich bestimmt nichts versäumt habe. Krieg live dauert nicht nur zwei Stunden wie Rambo. Da geht's voll zur Sache.' Der geschichtliche Augenblick schien Arno ganz zu überwältigen. ‚Ein Glas Cognac vor den ersten Bildern ist bestimmt das Richtige zum Einstimmen auf den großen, langen Fernsehtag.' Sein Atem wurde von der Spannung beschleunigt, als er nach der Fernbedienung griff.

Start. ARD, ZDF, alle Dritten hatten normale Sendungen. ‚Na ja, die Öffentlich-Rechtlichen sind halt ein bisschen langsam', dachte Arno und begann mit den Privaten. RTL ... normal, SAT.1 ... normal, 3SAT ... nichts, 1 PLUS ... nichts, PRO 7 ... Film, TELE 5 ... Film. ‚Das gibt's doch nicht. Na, vielleicht TV 5. Die Franzosen, ja, die sind dabei. Wenn man auch nichts versteht. Aber Bilder, Bilder vom Krieg, die versteht doch jeder.' Arnos Handflächen wurden allmählich feucht. Programm 12: TV 5. Gesprächsrunde. Vier Männer diskutierten. Arno lauschte konzentriert. Er verstand kein Wort Französisch. ‚Irak! Das Wort muss doch französisch auch so klingen.' Das magische Wort Irak wollte keinem der Gesprächsteilnehmer über die Lippen kommen.

Es wurde 10 Uhr. ‚Jetzt.' Nachrichten auf einem Privaten. Die einzige Meldung über den Nahen Osten sagte aus, dass das Ultimatum morgens um 6 Uhr abgelaufen sei. ‚So ein Schmarrn. Als ob das nicht die ganze Welt wüsste. Der Krieg, wo bleibt der Krieg?' Eine Zigarette, einen Schluck. Auch das Radio war nicht gescheiter. Dann blitzte es in Arnos grauen Zellen. ‚Der Videotext.' Sein Zeigefinger wählte VT/TV. Nachrichten. Die Lage am Golf. Da stand unmissverständlich: *Die alliierten Streitkräfte haben das Ultimatum auslaufen lasse, ohne eine Offensive zu starten.* „So ein Mist. Da stimmt doch etwas nicht. Das ist doch alles unlogisch. Wozu habe ich mir dann Urlaub genommen? Das ZDF-Mittagsmagazin bringt bestimmt etwas." Arno hatte begonnen, mit sich selbst zu reden.

Die Zeit verstrich immer langsamer. Arno bediente sich immer öfter aus der Cognacflasche. Die Zigarettenstummel im Aschenbecher häuften sich. 13 Uhr. Nachrichten. Noch nichts. Dann kam das Mittagsmagazin. Kein Angriff. Kein Krieg. Statt dessen Patrick Leclerqc von irgendwo aus der Region. ‚Das ist schon seit Tagen immer das Gleiche. Wäre ich doch lieber zur Arbeit gegangen und hätte mir den Tag für den Sommer aufgehoben', schoss es Arno durch den Kopf. „Alles Scheiße. Diese feigen Amerikaner. Sprücheklopfer. Großmäuler. Soll er ihnen doch auf den Deckel hauen, der Saddam", räsonierte er vor sich hin. Arno wäre am liebsten abgehauen, fort, weit weg aus dieser verlogenen Welt, irgendwohin, wo es noch Männer gibt, die fähig sind, etwas anzupacken. „Nicht mal einen armseligen Wüstenscheich können sie bändigen. Es ist zum Kotzen. Sind das auch Fernsehsendungen?"

Heute ... Tagesschau ... Heutejournal ... Tagesthemen ... Nichts, nichts, kein Krieg. Der Tag lief aus. Arno lief über. Er schäumte vor Wut. Die Zigarettenschachtel war leer, der Cognac geschmacklos. ‚Das ist nicht mehr zu leben. Kein Krieg.' Es war Mitternacht.

Um 4 Uhr 45 schrillte der Wecker. Arno schreckte aus

dem Schlaf. Au, der Kopf, die Augen und dieser Toilettenmundgeruch, unerträglich. 5 Uhr. Bayern 1: *Sie hören Nachrichten. Amerikanische Kampfflugzeuge haben Ziele im Irak angegriffen.* Arno konnte es nicht fassen. Krieg am Golf. Bomber, Panzer, Truppen, Schlachten, Siege, Niederlagen, echter Krieg, wirkliche Action. ‚Das stinkt doch zum Himmel. Gerade jetzt muss ich in die Firma. Eine Katastrophe.' Arno ließ den Kaffee unberührt auf dem Tisch stehen und knallte in der miesesten Stimmung seines Lebens die Wohnungstür von außen ins Schloss.

--- --- ---

[1992]

Zweites Phantomgespräch

MEISTER: Sie wissen wohl schon, dass ich der neue Meister bin?
ARBEITER: Das habe ich sehr wohl gemerkt.
MEISTER: Und woran, wenn man fragen darf?
ARBEITER: An den Flaschen und Handschuhen, die plötzlich zu viel in der Halle sind.
MEISTER: Ich hab' schon gehört, dass Sie ganz schön frech sein können.
ARBEITER: Ach wissen Sie, ich habe nur die fatale Gewohnheit, auszusprechen, was ich auch denke.
MEISTER: Sie arbeiten nur auf einer Maschine und haben die Lohngruppe 8. Mit der müssten Sie mehrere Maschinen beherrschen.
ARBEITER: Ich mache stets das, was man mir anschafft.
MEISTER: Mein Vorgänger hat wahrscheinlich mir fremde Kriterien bei der Beurteilung seiner Leute benutzt.
ARBEITER: Mag schon sein. Der war ja auch ein guter Kerl.
MEISTER: Bei mir wird sich einiges ändern. Ihnen steht die Lohngruppe 8 nicht zu. Ich habe bereits beantragt, dass man Sie herunterstuft. Übrigens, ich habe auch den Eindruck, dass Ihre Arbeitsmoral zu wünschen übrig lässt. Nehmen Sie sich in Acht. Mit mir geht es nicht so wie mit dem alten Meister.
ARBEITER: Sie scheinen aber Ihre Leute schnell kennengelernt zu haben.
MEISTER: Ihre Unverschämtheit wird Ihnen eines Tages schlecht zu stehen bekommen.
ARBEITER: Ich würde mich mit Ihnen mal gerne privat treffen.
MEISTER: Das ist ja unerhört. Sie drohen mir? Oder wollen Sie mich gar bestechen? Ich werde das melden. Gehen Sie an Ihre Arbeit. Schnell, bevor ich es mir anders überlege.
ARBEITER: Schade, wirklich schade. Sie haben mich nicht richtig verstanden. Meine Kinder werden enttäuscht

sein.
MEISTER: Sie sind wohl völlig aus dem Häuschen, reden nur blödes Zeug. Was habe ich mit ihren Kindern zu tun? An die hätten Sie schon längst denken müssen, nicht jetzt, wo Ihnen das Wasser bis zum Kragen steht.
ARBEITER: Entschuldigen Sie bitte. Ich habe das wirklich nicht so gemeint. Natürlich will ich Sie nicht zu mir nach Hause einladen. Das kann ich meiner Frau gar nicht zumuten. Ich will Sie auch nicht in eine Bar oder ein Restaurant locken. Das kann ich weiß Gott meiner Brieftasche nicht antun. Ich meinte nur, dass wir uns in der Fußgängerzone einmal begegnen könnten, ganz belanglos, ohne dabei ein Sterbenswörtchen zu wechseln.
MEISTER: Mein Gott, der Mann ist verrückt.
ARBEITER: Soll ich das als ein Nein verstehen? Bedauerlich. Wirklich, sehr, sehr bedauerlich. Meine Kinder lesen gerade ein Märchenbuch über Monster. Ich wollte ihnen bei der Gelegenheit doch nur so ein Exemplar in Fleisch und Blut zeigen. Wirklich unfair von Ihnen, Herr Meister, meinen Kleinen den Spaß zu verderben.

--- --- ---

[1991]

Leere Meisterbude
Skizze

Die Meisterbude war leer. Pardon! Tausendmal Pardon! Das heißt FGL-Büro, also Fertigungsgruppenleiterbüro.
 Als ich die Treppe hinabstieg, begegnete ich einem Gruppensprecher. Das ist die Charge unter dem FGL, also schon fast in der ersten Frontlinie, dort und nur dort, wo Kriege gewonnen oder verloren werden können, im Einsatz. Für ihn steht aber immerhin noch ein Stuhl im FGL-Büro bereit, zum Arbeiten, versteht sich.
 Du bist nicht oben, brauchst also erst gar nicht hinaufgehen, wenn du dich vielleicht suchen solltest, sagte ich zu ihm.
 Er sah mich schmunzelnd an, nippte an seiner Kaffeetasse – die Kaffeemaschine steht auf einem Werkzeugschrank und nicht im FGL-Büro – und meinte, warum sollte ich mich auch da oben suchen, wo ich mich momentan doch gar nicht brauche.
 Zwei dazugekommene Kollegen sahen etwas verdutzt in die Welt. Ich glaube, sie glaubten, nicht ganz verstanden zu haben.

- - - - - - - - -

[2005]

Teamwork
Charakterskizze

Der Tag ist gerettet. Das Wohlbefinden des Teams stieg schon in den frühen Morgenstunden. Um 7 Uhr gab's Weißwürste und Brezeln. Ein Kollege hatte sie besorgt. Ein ganz tüchtiger Kollege! Alle haben mit dicken Backen gekaut.
Dann schon um 8 die nächste Steigerung. „Dem Bernd seine Frau hat angerufen. Der Bernd ist krank."
Zu spät. Hurra! Der Fertigungsgruppenleiter, kurz FGL, hat ihn bereits unentschuldigt eingetragen. Es ist bekannt, dass er den Bernd nicht so gut leiden kann.
Der hätte sich halt um 6 krank melden sollen, der faule Hund. Super! He, so ist's nun mal.
Das Team hatte seine Sensation. Das Fingerzeigesyndrom lies das Selbstwertgefühl des Teams unentwegt steigen. Mir ist das nie passiert, triumphierten die anwesenden Gehirnzellen.
Die Kaffeerunde war bestens gelaunt. „Dem geschieht's recht so, diesem Macho."
Auf geht's, an die Arbeit. Ein frischer Teamgeist wehte durch die Halle, ganz im Sinne der neuen Betriebsphilosophie.

--- --- ---

[1994]

Aleea jacta est
Erzählung

Helgas Arbeitstage ähnelten sich seit Jahren wie ein Ei dem anderen. Bevor sie überhaupt das erste Werkstück vom Band nahm, um es nach Arbeits- und Materialschäden zu kontrollieren, holte sie in einem Kartoffelsalateimer Wasser, stellte die Kaffeemaschine bereit und brachte die erste Kaffeecharge zum sieden. Dann folgte der längst zur liebsten ihrer Gewohnheiten gewordene Blick hinüber zum Bearbeitungszentrum, wo sie den Gegenblick des Maschinenführers zu erhaschen hoffte.

Auch an diesem trüben Oktobertag warf Svens Lächeln den ersten Lichtstrahl in ihr lustloses Dasein. In der Spätschicht war ihre Stimmung gewöhnlich im Keller. An diesen Tagen empfand sie den Gang zur Arbeit als wahren Kreuzweg. War dann auch Sven nicht da, war sie kaum ansprechbar. Merkwürdig war bloß, dass noch keiner der Arbeitskollegen das geheime Spielchen bemerkt hatte. Oder es wollte keiner etwas sehen. Sven war kurz nach dem Fall der Mauer im Betrieb aufgetaucht. Er stammt aus der Lausitz. Zwischen den beiden hatte es auf den ersten Blick gefunkt. Sven war aber klug genug, um gleich reinen Tisch zu machen. Er hatte schon in seinen ersten Gesprächen im Kollegenkreis eher wie beiläufig seine Frau und Kinder erwähnt. Helga wusste also Bescheid. Nicht nur darüber. Sie war begehrt. Ihre Attraktivität war ihr voll bewusst und spielte in ihrem Verhalten auch eine gewichtige Rolle. Nur bei Sven versuchte sie es erst gar nicht mit ihren weiblichen Reizen. Sie war die Unterlegene. Und sie wusste, es war Liebe, eine hoffnungslose, Begehren schürende und Entsagen gebietende Liebe. Wir sind uns zu spät begegnet, hatte er einmal zu ihr gesagt. Er hätte als Teenager mal ein Mädchen über alles geliebt, die er aber nicht lieben sollte, weil sie eine Sorbin war. Dieses Mädchen ähnelt ihr, Helga, so sehr, dass er jetzt manchmal den Eindruck habe, eine Doppelexistenz zu führen. Helga war verwirrt. Sie könnte längst einen festen Freund haben. Immer wieder gab es aber Scherben und Tränen und sie wusste, dass die Schuld bei ihr lag. Aber sie war kraftlos. Sven war nun mal in ihrem Leben und sie hatte längst resigniert. Er sollte dort bleiben, für immer, so haltlos und absurd das auch war. Sven, der um gute zehn Jahre älter war, wird das nie erfahren. Ihr war nur wichtig, dass er täglich dort an seiner Maschine stand und ihr ab und zu ein Lächeln rüberschickte.

Was für ihn längst zu einer belanglosen, angenehmen Gewohnheit geworden war, hatte sich in Helgas Herz zu einem zerstörerischen Wahn entwickelt. Sie war gerade mal wieder beim Grübeln über die Unsinnigkeit ihrer Situation. Dabei glitten die Teile ihr schnell durch die Hände. Ihre Augen nahmen die Fehler automatisch wahr und die Teile wanderten folgerichtig in den Ausschussbehälter oder zu den IO-Teilen. Umso heftiger erschrak sie daher, als sie am in der Nähe stehenden Schrank Kaffeetassen klirren hörte. Brüsk drehte sie sich um. Der junge Meister grinste unverschämt. Sie konnte den Angebertyp nicht leiden. Heute kam er ihr besonders widerlich vor. Sein Grinsen schien immer breiter zu werden.

„Erschrocken, was? Ihr Weiber scheint mit den Gedanken immer woanders zu sein. Wenn Ihr nicht ratscht, dann träumt ihr."

„Wenn ich arbeite, kann ich mich doch nicht ständig umdrehen, um zu sehen, wer hinter mir herumwirtschaftet."

Das schäbige Grinsen des Meisters wurde noch breiter: „Ist schon gut. War ja nicht schlecht gemeint."

Diese ekelhafte Lachgrimasse verbarg eine selbstzufriedene Spannung, die dem Gesicht des von sich sehr eingenommenen Mannes einen abstoßenden, antipatischen Zug verlieh. Er wusste mehr als sie. Er wusste, dass er eben dabei war, über ihre Zukunft zu entscheiden. Sein Machtbewusstsein machte ihn so abscheulich. Helga spürte etwas Unheilvolles von dem sich mit großen, schlaksigen Schritten entfernenden Meister ausgehen. Sie schrieb dieses ungute Gefühl aber ihrer miesen Stimmung zu, während der Mann in der Meisterbude verschwand.

- - -

Der Meister stellte die Kaffeetasse auf den Tisch und ließ sich in den weichen Lehnsessel fallen. Der Gruppenmeister sah ihn fragend an. Die zwei waren nicht gerade Freunde, mussten aber wohl oder übel miteinander auskommen.

„Warum sollen nur wir bluten", sprach der Gruppensprecher das heikle Thema an, „die anderen Schichten haben doch auch zu viele Leute."

„Irgendwo müssen wir halt beginnen", gab der Meister barsch zurück.

„Gut. Surminsky und Heilmann sind erst gekommen. Aber warum Sven und Helga?"

„Ich habe gesagt, drei müssen gehen, also Sven oder Helga."

„Die gehören aber zu den besten Leuten. Warum gerade ...?"

„Weil wir für beide Ersatz da haben. Hast du bessere Vorschläge? Dann raus mit den Namen."

Der Gruppenmeister schwieg betreten. Er wollte einfach nicht begreifen, dass er seine Mitarbeiter so ohne jede Aussprache an eine andere Kostenstelle abgeben sollte. Der Meister hatte am Telefon mit einem knappen „Alles klar, das mach ich schon" der Abteilungsleitung die Versetzung von drei Leuten leicht gemacht.

„Also zwei Leute haben wir. Klar", griff der Meister nach einem genüsslichem Schluck das Thema wieder auf.

„Und der dritte? Ich mach da nicht mit."

„Ich auch nicht", lachte der Meister schäbig.

Xaver, der Gruppenmeister, seine Arbeiter riefen ihn Xari, sah plötzlich das DM-Stück in der Hand des Meisters und eine böse Ahnung stieg in ihm auf.

„Kopf oder Zahl. Helga oder Sven. Oder willst du es umgekehrt? Du darfst entscheiden", triumphierte der jetzt gehässig und schadenfroh klingende Meister.

„Nein, da mach ich wirklich nicht mit. Warum entscheidet nicht die Abteilungsleitung, der Chef selber?"

Xari stand die Zornesröte im Gesicht. Er sprang von seinem Stuhl auf und hatte schon die Türklinke in der Hand, als er die leise und trotzdem hart, kompromisslos klingende

Stimme des Meisters vernahm.

„Du weißt ganz genau, dass wir alle auf der Abschussliste stehen. Du kannst dich deiner Verantwortung nicht entziehen. Das hier wird zu deinen zukünftigen Aufgaben gehören. Die drei Leute von heute sind erst der Anfang. Wenn du das Ende dieser Kostenstelle noch miterleben willst, bleibst du jetzt da."

Der Gruppenmeister drehte sich langsam um. Er werde es dem Kerl sagen. Ja, jetzt. Der war gute fünfzehn Jahre jünger als er, Xari. Ein echtes Greenhorn in dieser Firma. Ja, jetzt wird der was erleben. Dann sah er das zu allem entschlossene Gesicht, diese gefühllosen Augen und die hüpfende Münze.

„Also gut", es war eher ein Lispeln als ein Sprechen des Meisters, „dann bleibt es so: Kopf – Helga, Zahl – Sven."

Er legte die Münze langsam auf den Zeigefinger der rechten Hand, grinste Xari noch einmal überlegen an und katapultierte mit einem Daumendruck die Münze in die Luft. Sie flog, sich drehend, fast bis an die Decke, um dann mit einem hellen Peng auf dem Fußboden liegen zu bleiben. Ganz langsam, den Augenblick genießend, beugte er sich zu dem Mark-Stück nieder.

Xari kam die Zeit, bis der Meister sich in seinem Sessel zurücklehnte, unendlich vor. Aleea jacta est – Die Würfel sind gefallen.

„Schau dir das Resultat selber an, damit du nicht sagst, ich hätte geschummelt."

Xari erwiderte nichts. Er spürte nur, dass er den Typ vor sich hasste. Er hat ihn schon immer gehasst. Jetzt aber gestand er es sich ein. Er bückte sich nicht und starrte den Meister bloß an. Der zeigte seine vernachlässigten Zähne, als er zum Sprechen anhob.

„Also gut, Kopf. Helga wird ab sofort versetzt. Das Schwerste habe ich hinter uns gebracht. Den Rest besorgst aber jetzt du. Nimm die Unfallbelehrungskarte der drei Mitarbeiter, Pardon!, der Mitarbeiterin natürlich auch, gleich mit und sage ihnen, dass die Abteilungsleitung sie wegen erforderlichem Personalabbau in die Lackiererei versetzt hat."

Xari traf es wie ein Axthieb. Hatte der Abteilungsleitung gesagt? Er ging schleppenden Schrittes an den Schrank, entnahm die drei gelben Kartonblätter und verließ wortlos die Meisterbude.

- - -

Mehr als ein Jahr war ins Land gegangen. Xari hatte Spätschicht. Kurz vor Mittag schaute er wie immer in seinen Briefkasten. Neben der Zeitung lag ein Brief. Von Helga, staunte Xari. Er öffnete ihn sofort und las, und las wieder, und wieder ... Dann griff er zum Telefon und wählte die ... 110.

Als er sich um 13:30 Uhr auf den Weg zur Arbeit machte, wusste er schon, dass es zu spät war.

- - - - - - - - -

[1992]

Pyramidenbauer
Skizze

Ein FAL, das ist ein Fertigungsabteilungsleiter, hatte mal wieder ein neues Steckenpferd. Pyramidenstapelung nannte er sein Lieblingsthema. Das heißt, Behälter oder Paletten mit Werkstücken oder Anbauteilen beladen müssen in Pyramidenform gestapelt werden. Also, erste Reihe eine Palette, zweite Reihe zwei Paletten übereinander und dritte Reihe drei Paletten übereinander, dann wieder abwärts, also, vierte Reihe zwei Paletten übereinander und fünfte Reihe wieder eine Palette. Ist doch schön, immer in die Tiefe vom Ausgangspunkt des Betrachters gedacht. So sollen Unfälle mit schwerwiegenden Folgen – eine Palette wiegt gut eine Tonne – vermieden werden. Ist auch nicht unlogisch, diese Argumentation.

Das Lieblingsthema eines Chefs also, gar keine Frage. Schon vom Ende der Produktionshalle merkt er, ja verspürt förmlich, wenn irgendein Stein im Pyramidenbau falsch eingebaut ist oder gar fehlt.

Dann kam natürlich der Tag, an dem die Pyramide ein wenig in Unordnung geraten war. Meine Wenigkeit wurde von einem Gruppensprecher mit der verantwortungsvollen Aufgabe betraut, alles wieder ins Pyramidenlot zu rücken, denn es bestünde die Gefahr, dass der FAL höchstpersönlich im Anmarsch sein könnte.

Gewissenhaft wie immer und im vollen Bewusstsein der Verantwortung, die fortan auf meinen Schultern lastete, begann ich mit dem Umstapeln der Paletten. Der erste vorbeikommende Kollege meinte, ob morgen wieder eine der üblichen Begehung stattfinden würde? Nein, sagte ich, viel schlimmer, es kommt eine Kommission aus Ägypten.

Was, staunte er, bauen die jetzt auch schon Autos? Das nicht, erwiderte ich todernst, aber Pyramiden.

Er sah mich etwas ungläubig an, schien mit meiner Antwort aber zufrieden zu sein und ging weiter. Nur ein leichtes Kopfschütteln glaubte ich bei ihm im Weggehen bemerkt zu haben.

--- --- ---

[2005]

Erinnerungen
Gedankensplitter

Erinnerungen sind allgegenwärtig und unberechenbar. Blitze. Plötzlich sind sie da und bemächtigen sich deiner, während deine Hände mechanisch weiterarbeiten. Die Gegenwart verblasst.
Der Großvater war immer so gutmütig. Nur seine Holzfüße waren hart und kalt. Als diese Kälte sein Hirn erreichte, musste er sterben. Viel zu früh. Die Großmutter. Rührig hat sie sich um viel zu viel gekümmert. Auch sie ist nicht mehr.
Banater Landschaften tauchen auf. Du treibst dich mit Spielkameraden in verstaubten Dorfgassen herum. Auch die hast du längst aus dem Blickfeld verloren.
Die Eltern kommen müde von der Arbeit. Es gibt Schelte. Die Lausbuben haben tagsüber zu viel angestellt.
Jahreszeiten passieren Revue. Winter mit viel Schnee. Der Frühling verzaubert die Hausgärten. Heiße Sommer zeugen Tage ohne Ende. Herbst. Stengelpuppen mit Maishaaren sind Neulinge im ärmlichen Spielzeugeck.
Der Bub verspätet sich auf dem Heimweg aus der Maiandacht. Mit Folgen. Der erste Kuss. Die Gesichtszüge des Mädchens sind so verschwommen.
Der Zug ist voller Pendler. Arbeiter und Schüler. Temeswar. Die Stadt verschlingt alle. Zuhause ist woanders.
Im Gleichschritt kommt der Kirchweihzug. Das Dorf beherbergt seine Menschen, die guten und die bösen. Auch dein Mädchen. „Verliebt, verlobt, verheirat." Das Spiel heißt „Sein".
Licht bringt auch Schatten. Die Leute fahren nach Deutschland. Die Demütigungen liegen auf der Straße. Auch du greifst danach. Der unscheinbare Advocatus Diaboli in seinem Aktenchaos und der ausgedörrte Blumenmann. Du musst ihnen Deutsche Mark bringen. Endlich! Verkauft! Nein. Freigekauft! Frei.
Du zuckst zusammen. Eine Hand liegt auf deiner Schulter. Du drehst dich um. Dein Arbeitskollege schaut dir in die Augen. Du bist wieder da. Dein Blick ist wässrig trüb. Worte

wären jetzt Ballast. Er scheint begriffen zu haben. Nicht umsonst stand sein Zelt 1989 in der deutschen Botschaft in Prag.

--- --- ---

[1996]

Heimfahrt
Erzählung

Die Stimmung im Orchestergraben ist nicht gut. Natürlich ist das eine Vorwegnahme, denn vor knapp fünf Minuten war sie noch gut, ja ich möchte sagen, sogar ausgesprochen gut, kam der 6/8 Rhythmus doch genau und sogar die sehr schwierigen Sechzehntelfigurationen der Baritone waren sauber vernehmbar gewesen. Selbst der stets zu fernab der gängigen Melodie gelegenen Gaudieinlagen aufgelegte Solohornist spielte sein Solo mit ernster Hingabe und das Sopransaxophon klang gewohnt gefühlbetont. Kurzum: Diese „Banditenstreiche" waren kein Streich, sie waren Klang- und Rhythmuskultur pur, und sie trieben Dirigent und Orchester fast steuerlos aber intuitiv aufeinander abgestimmt in ein fulminantes Prestofinale.

Der Dirigent wischte sich die Schweißperlen von der Stirn. Er schaute ins Orchester und vernahm das tiefe Luftholen. Für die zweitletzte Probe vor dem Konzert war das schon ganz gut. Noch kleine Temposchwankungen da und dort, ein, zwei wacklige Übergänge, aber das sind Kleinigkeiten, die bei der sowieso größtmöglichen Konzentration im Konzert mit Sicherheit keinen Anlass zu Kritik mehr geben werden. Ja, man war zufrieden, das war eindeutig spürbar, und man hatte auch noch die Hauptprobe vor sich, am Donnerstag, einen Tag vor dem Konzert.

- - -

Und dann kam sie, die Frau, auf die alle gewartet hatten. Sie war vom Rat der Sponsoren auserkoren worden, den Musikern die Zeit zum Sammeln zu sichern, damit sie den mentalen und gefühlsmäßigen Übergang von den überschwänglichen suppéischen Streichen zum Melodienzauber aus Dvoràks Polonaise in Es-Dur anstandslos bewältigen können.

Mei, und sie war hübsch, glaubt's mir des, und Journalistin mit Kamera- Mikrofon- und Scheinwerferlichterfahrung. Mei, genau nach den Gusten des hohen Sponsorenrates. Und wie sie dastand, vor dem Orchester, noch neben dem Dirigenten, aber auch schon um Zehenspitzenlänge vor ihm. Be-

eindruckend, wirklich geil. Und dann legte sie los.
Das Orchester müsse gut rüberkommen.
Der Dirigent nickte zustimmend.
Seine ganze Bandbreite müsse zum Tragen kommen und seine Vielfalt die Zuschauer beeindrucken. Und das gesamte Orchester müsse bei der Moderation mitwirken.
Der Dirigent schaute ernster als eben noch. Schwante ihm da was?
Ja, Techno. Geht das? Oder so etwas Ähnliches. Der Unterschied von früher und heute müsse dem Publikum verdeutlicht werden.
Der Dirigent wurde blass und blässer. Nein, um Gottes Willen, nicht mit diesem Orchester.
Na macht nix. Nur keine Hektik. So etwas wie DJ Ötzi. Des geht doch. Ein Trompeter, das langt auch. Toll, das machen wir. Also los. Wer kann das? DJ Ötzi.
Des Dirigenten Bart zitterte. Seine Stimme noch mehr. Aber ... aber das könnt ihr doch nicht machen! Das sind Stücke aus dem 19. Jahrhundert ... Wiener Sentiment und italienische Spritzigkeit ... Wir spielen den Gründer einer, Nationalmusik ... Man kann diese böhmische Melodieverliebtheit doch nicht mit DJ Ötzi ankündigen ... Nichts gegen DJ Ötzi ... Aber bitte dort wo es angebracht ist.
Aus der letzten Orchesterreihe war plötzlich eine Backgroundstimme zu vernehmen. Das besprechen wir nachher. Gemacht wird es so und nicht anders. Das war sie, die Stimme des organisatorischen Orchesterleiters. Basta! Howgh! Ich habe gesprochen! Der Wille des Sponsorenrates macht jeden Einwand überflüssig.

- - -

Das Konzert ist beendet. Es war ein triumphaler Erfolg. Die Moderatorin strahlt. Alle sind glücklich. DJ Ötzi kam zu Ehren. Die Sponsorencrew war nur Auge. Was für eine tolle Frau. Zwei Garderoben, vor und nach der Pause. Diese Stimme, diese Ausstrahlung. Und das Orchester. Wie sie das im Griff hatte. Keine einzige Panne. Diese Reaktionsschnelle. Auf jedes Wort. Also wirklich. Welch ein Klangkörper. Was für eine herrliche Frau. Es gab Zugaben. Der Saal tobte.

Sie war selbst da noch steigerungsfähig. Eine wahre Zugabenmoderatorin. Wo gibt's das noch? Nur da! Die meisten Orchester werden bei den Zugaben ihrem Schicksal überlassen.

- - -

Der Dirigent legt das Blumenbukett auf den Beifahrersitz. Er startet. Es gab ungewöhnlich viele Gickse, Pausenvergewaltigungen, unsaubere Einsätze, Rhythmusschwankungen, Konzentrationsmängel vom ersten bis zum letzten Takt. Er dreht das Radio an: Bayern 4 Klassik. Das neue Programm ist nicht mehr sein Programm. Diese Musik und besonders diese Präsentation sind für einen anderen Geschmack bestimmt. Er sucht Klassik Radio. Werbung. Die Autobahn ist in der Nacht leer. Sein rechter Fuß ist bis zum Anschlag ausgestreckt.

Er schließt die Augen und sieht die weiße Mähne des Maestros. Sein Gefährt wird zum Geschoss, hebt ab. Der Dirigent ist auf der Heimfahrt.

- - - - - - - - -

[2003]

Die perfekte Idylle
Erzählung

Die Scharadschwaige gleitet langsam in den Schatten des nahen Waldes. Weit im Osten glänzt die Kuppel des Münsters. Dort liegt die Stadt zu seinen Füßen. Und dort pulsiert das Leben.

Hier draußen herrscht die Stille. Absolut, wie Georg immer wieder betont, mit erkennbarer Genugtuung in der Stimme. Ja, es hat ihn viel Überzeugungskraft gekostet, bis Käthe einwilligte. Erst als die Kinder ausgezogen waren, stimmte sie zu. Das Anwesen schien auf sie gewartet zu haben. Die Erben des Scharadbauern fanden jahrelang keinen Käufer, hielten das Haus aber einigermaßen in Schuss. Die Felder sind verpachtet. Jetzt leben sie hier schon seit einem Jahr, Käthe und Georg Aubach. Und sogar Käthe ist zufrieden.

Dieses Leben birgt doch auch eine spürbare Vergangenheitskomponente in sich. Es ist wie auf der Puszta. Nur, dass sie damals vom Leben in der großen Stadt weit hinter dem Eisernen Vorhang nur träumen konnten. Aber als der Vorhang weg war und sie in die große Stadt im gelobten Land kamen, sehnten sie sich schnell zurück in die Abgeschiedenheit ihrer ersten Ehejahre, auch wenn Käthe das nie zugeben würde.

Georg hat ein Kartoffelbeet angelegt und dann die Hühner gefüttert. Jetzt hat er sich ein Bier geöffnet und lauscht der Amsel. Ob es wohl jeden Abend dieselbe ist? Käthe gesellt sich zu ihm auf die Terrasse und zieht einen Stuhl an den Tisch. Man hört nichts vom Leben der Stadt.

Ich will den Alten nicht hier, sagt Käthe.
Georg sieht seine Frau an: Warum nicht?
Er hat mich auch nicht gewollt. Das weißt du doch.
Was willst du mit ihm machen?
Er soll ins Heim gehen. Dort ist er gut aufgehoben.
Aber hier hätte er doch auch Platz. Er ist immerhin mein Vater. Du bist übrigens nicht die Einzige, die er nicht leiden konnte.

Ich weiß, ich weiß. Diese Rumänin hat er dir damals, lange vor mir, auch abspenstig gemacht. Jetzt braucht er Betreuung, jetzt bin ich gut.

Die Sonne ist weg. Aber Georg und Käthe bleiben draußen sitzen. Es ist warm und der Sommer nicht mehr weit. Als die Dämmerung dem Dunkel gewichen ist, sieht man ein Licht in der Ferne. Es kommt von der Nachbarsschwaige. Georg und Käthe finden keinen Gesprächsfaden mehr. Er ist 50, sie 45. Beider Gedanken kreisen um den Alten. Dann fängt Käthe wieder an.

Wir sind jetzt ein Jahr hier draußen. Alle wundern sich, dass bei uns noch nicht eingebrochen wurde.

Also ganz aus der Welt sind wir doch nicht. Die Straße vor dem Haus führt ins nächste Dorf. Da ist tagsüber doch Autoverkehr. Und mit unseren zwei Wolfshunden im Hof traut sich sowieso keiner rein.

Hundert Meter ist nicht gerade vor dem Haus, erwidert Käthe. Man hört ihrer Stimme an, dass sie schlechte Laune hat. Wegen ihrem Schwiegervater, den sie schon immer so wenig mochte, wie er sie. Dein Vater kann doch unmöglich den ganzen Tag allein bleiben. Wenn du denkst, dass ich meine Stelle für ihn kündige, dann liegst du aber falsch.

Eigentlich ist Georg froh, dass Käthe nicht aufgibt. Er muss das Problem einer Lösung zuführen. Es ist nicht so, dass er ein gutes Verhältnis zu seinem Vater hätte. Das war schon immer getrübt. Besonders seit der Alte ihm seine große Liebe vermasselt hat. Die Beziehung zu seiner Mutter war auch nie besser. Das war immer nur eine nüchterne, gefühllose Familienbande kurz vor dem endgültigen Reißen. Nicht mehr und nicht weniger. Und trotzdem kann er den Alten nicht im Stich lassen. Je mehr er darüber nachdenkt, desto mehr zeichnet sich auch eine Lösung ab. Die könnte sogar für Käthe akzeptabel sein. Es ist dunkel, und er muss seiner Frau nicht in die Augen schauen, wenn er jetzt unter der aufziehenden Mondsichel sagt: Wir überzeugen ihn, mich als Erbe einzusetzen, und wir suchen für ihn eine Betreuungsperson aus Polen oder Rumänien. Die Wohnung in der Stadt können wir dann vermieten. Bei dieser Wohnungsnot gibt das einen Patzen Geld. Dann könntest du nach seinem Tod vielleicht doch früher mit der Arbeit aufhören und deinen heiß geliebten Kolleginnen Lebewohl sagen.

Und weil Käthe sich nicht rührt, fährt er fort: Ich habe in einer Zeitung Anzeigen gelesen, die uns da weiterbringen könnten.

Die Frau bleibt stumm. Georg kommt es langsam unheimlich vor. Sie kann ihn doch nicht so im Regen stehen lassen. Er muss sie zum Einlenken bewegen. Aber Vernünftigeres fällt ihm nicht ein. Darum ergänzt er nur: Das waren Chiffre-Anzeigen in einer rumänischen Zeitung.

Endlich. Käthe hört noch zu. Ihre Frage klingt aber alles andere als versöhnlich: Was glaubst du, was das kostet? Wenn der alt wird, wirst du das Mietgeld für die Wohnung noch lange für seine Betreuung ausgeben müssen. Und du musst ihn zuerst mal für deinen Plan gewinnen. Dann brauchst du ein Zimmer für diese Person. Und versichern musst du sie auch. Das muss ja alles gemeldet werden. Komplizierter geht es doch gar nicht.

Wir müssen ja kein Pflegegeld beantragen. Dann weiß auch kein Mensch, dass wir eine Betreuung für ihn im Haus haben. Und die muss auch nicht versichert sein. Niemand wird draufkommen, dass hier noch jemand im Haus ist. Das ganze Jahr war seit unserer Einzugsparty noch kein Mensch bei uns.

Der Sommer geht zur Neige und Gespräche dieser Art gab es noch einige zwischen dem Ehepaar auf der Scharadschwaige. Georg kam dabei langsam voran – wie das Loch im Stein beim steten Tropfen. Über Winter wird er so umbauen, dass aus einem großen Zimmer zwei kleinere werden. Mit Blick auf den Wald, weg von der Straße. Es geht dem Alten nicht gut. Aber dann willigt er eines Tages doch ein. Ja, ja, der Tropfen höhlt und höhlt. Auch Käthe lenkt ein. Allerdings mit der Hoffnung, dass ihr Schwiegervater den Winter nicht überlebt.

- - -

Alles blüht. Der Alte hat den Winter überlebt, der Umbau ist fertig und das Testament unterschrieben. Bleibt nur die

Hoffnung, dass er nicht allzu lange lebt. Dann kann Georg ruhigen Gewissens seinem eigenen Alter entgegensehen. Er ist auf dem Weg zum Hauptbahnhof. Dort kommt ein Reisebus aus Rumänien an. Mit ihm soll die zur Betreuung verpflichtete Frau kommen. Das wird alles passen. Er ist zuversichtlich. Sein gutes Gefühl kann ihn gar nicht täuschen. Um 15:00 Uhr soll der Bus ankommen. Er hat aber gehört, dass Verspätungen bis zu zwei Stunden gar keine Seltenheit sind. Wen wundert's? Bei diesen Strecken. Er hat eine Frau aus der rumänischen Kreisstadt gefunden, in der er zur Schule ging und auch gearbeitet hat. Zehn Frauen hatten sich auf seine Anzeige in der rumänischen Zeitung gemeldet. Für die jüngste haben sie sich dann entschieden. Georg ist dankbar, dass Käthe zum Schluss aktiv mitgemacht hat. Gemeinsam stemmt man so etwas doch viel leichter. Nein, es hätte ohne sie überhaupt nicht funktioniert.

Die Frau, auf die er wartet, heißt Veronica Beclean. Er hat zweimal mit ihr Briefe gewechselt und ihr mitgeteilt, dass er eine ROMÂNIA LIBERĂ sichtbar über dem Kopf schwenken werde. Diese rumänische Zeitung gibt es in der Bahnhofsbuchhandlung zu kaufen. Mit anderthalb Stunden Verspätung fährt der Bus dann endlich in die Haltestelle. Er hat einen großen Anhänger für das Gepäck. Georg wartet geduldig, ohne gleich mit der Zeitung herumzufuchteln. Die Frau hat in ihrem Bewerbungsschreiben ihr Alter mit 47 angegeben. Müsste eine Frau wie Käthe sein. Das Aussteigen geht langsam voran. In diesem Alter bleibt man zu Hause, denkt Georg beim Anblick dieser betagten Leute.

Dann steigt sie aus. Und Georg winkt nicht, steht versteinert da. Veronica. An diese Namensgleichheit hatte er die ganze Zeit nie gedacht. Damals hieß sie Reman. Aber vielleicht ist sie ja nicht die Haushaltsgehilfin, auf die er wartet.

Veronica Beclean schaut sich unschlüssig um. Sie sucht einen mit einer Zeitung winkenden Mann, mit einer ROMÂNIA LIBERĂ. Dort steht einer. Der winkt aber nicht. Das ist doch ... Unmöglich. Der Fahrer des Busses hat die Tür des Anhängers längst geöffnet. Die vier alten Leute haben ihre Reisetaschen schon und warten abseits auf ein Taxi oder einen Verwandten. Veronica besinnt sich. Sie holt ihren Reisekoffer und wartet, bis der Bus weggefahren ist. Georg geht langsam auf sie zu. Veronica? Georg?

- - -

Georg trägt den Koffer bis zu seinem Wagen, dann gehen sie ins Bahnhofscafé. Allzu viel Zeit können sie sich nicht nehmen. Aber mit der Fahrt durch die Stadt und übers Land bis zur Scharadschwaige reicht es, um das Wichtigste zu klären. Käthe darf nichts erfahren. Georg hatte zum Glück kein einziges Foto von Veronica aufbewahrt. Und sein Vater hatte sie eigentlich nie gesehen. Als er damals in ihrem Elternhaus war, um den verdutzten Leuten mitzuteilen, dass er seinen Sohn enterben werde, wenn er ihre Tochter heiratet, war Veronica nicht zu Hause und ihr Bruder hatte dem unverschämten Fremden geantwortet, dass seine Schwester ihren Freund Georg auch nackt ganz gerne habe. Das hat Georgs Vater aber damals nicht davon abgehalten, seinem 20-jährigen Sohn nach allen Regeln der Kunst die Hölle heiß zu machen. Eine Rumänin hatte in seinem Haus nichts verloren. So etwas durfte in einem fast noch reindeutschen Dorf nicht passieren. Und Georg hatte irgendwann, nach monatelangem Psychoterror den Schwanz eingezogen. Nicht nur Georg, auch sie, Veronica, hat nichts von den 30 Jahre zurückliegenden Vorfällen vergessen. Auch das wird auf der Fahrt zur Schwaige klar.

Es dauert schon eine Weile, bis Käthe einigermaßen mit der fremden Frau unter dem eigenen Dach klarkommt. Langsam pendelt sich aber der neue Alltagsrhythmus ein. Käthe und Georg sind tagsüber in der Fabrik und abends geht man sich so gut wie möglich aus dem Weg. Georgs Vater hat sich mit der Situation abgefunden. Er sei kein Pflegefall, haben die Jungen ihm eingeredet. Veronica solle ihm nur das Leben leichter machen. Sie hilft dem gebrechlichen Mann durch den Tag, ohne allerdings eine besondere Begeisterung für ihre Arbeit aufkommen zu lassen. Wer wollte ihr das auch verübeln? Oft muss der Alte zwei-, dreimal rufen, bis sie reagiert. Und je länger sie im Haus ist, je kaltschnäuziger und abweisender wird sie dem betagten

Senior gegenüber. Der beginnt sich zunehmend öfter zu beklagen, aber weder Käthe noch Georg wollen ihn erhören. Es geschieht ihm recht, denkt Käthe, und Georg denkt gar nicht daran, Veronica zurechtzuweisen, lässt er doch keine Gelegenheit verstreichen, um mit ihr zu schlafen, wenn Käthe außer Haus ist. Wie sollte er da noch ein Ohr für die Klagen seines an den Rollstuhl gebundenen Vaters haben? Veronica fährt an den Wochenenden schon mal mit dem kleinen Zweitwagen der Aubachs in die Stadt und familiarisiert sich mit ihrer neuen Umgebung. Niemand hat die Veränderungen auf der Scharadschwaige bemerkt. Der Briefträger wirft ab und zu einen Brief aus Rumänien in den Briefkasten. Nur beim ersten – sie tragen alle die Anschrift Fam. Aubach – hat er sich gedacht, die Aubachs werden wohl Bekanntschaften von früher pflegen, und dabei keinen Gedanken mehr an diese Post verschwendet. Georg hatte ihm einmal erzählt, wo sie herkommen.

Ein Jahr ist so ins Land gegangen. Der alte Aubach wird in seiner häuslichen Gefangenschaft immer schwächer. Und Veronica plagt das Heimweh. Nur über Weihnachten war sie nach Hause gefahren. Jetzt ist schon wieder Sommer. Und die Schäferstündchen mit Georg haben ihren Reiz verloren. Käthe giftet sie immer öfter an. Schon wieder ist eine Woche vorbei, ja, fast das halbe Jahr. Heute ist Samstag. Georg und Käthe sind weg. Ihre Firma fährt Sonderschichten. Die Branche boomt. Sie, Veronica, wird auch heute nicht in die Stadt kommen. Vielleicht am Nachmittag. Dann hört sie die Stimme des Alten. Wie sie ihn hasst. Hätte er sich damals nicht eingemischt, wäre ihr verpfuschtes Leben mit drei Kindern und keinem Mann anders verlaufen. Der alte Hitlerist!

- - -

Sie hört ihn hüsteln. Sein Rufen ist kaum verständlich. Nur langsam, ganz langsam legt Veronica ihr Buch zur Seite und geht ins andere Zimmer. Der Alte hängt in seinem Rollstuhl. Weiß wie der Kalk an der Wand. Schweißperlen auf der Stirn. Seine Finger versuchen das Wasserglas auf dem Tisch zu erreichen. Veronica schiebt es weg. Instinktiv fällt ihr

Blick auf die Wanduhr. 9:00 Uhr. Der Bus nach Rumänien ist jeden Samstag um 13:00 Uhr im Bahnhof. Manchmal sogar pünktlich. Der Blick des alten Mannes fleht nach einem Schluck aus dem Wasserglas. Veronica nimmt das Glas und stellt es mit Zeitlupenbewegungen auf ein entferntes Möbelstück. Dann nähert sie sich ihm, beugt sich über sein Gesicht und zischt hasserfüllt:
Kannst dich noch erinnern? Vor dreißig Jahren. Wolltest keine Rumänin im Haus. Da war ich dir zu minder. Du verdammter Nazi! Und jetzt hast du dich von mir pflegen lassen. Ja, ja, ich bin's, die Veronica von damals, die dreckige Walachin. Wolltest rein bleiben, reindeutsch in deinem deutschen Dorf. Du bist keinen Schluck Wasser wert.

Das Atmen des alten Mannes geht in ein Röcheln über. Seine Augen weiten sich. Die Hände hängen schlaff über die Lehnen des Rollstuhls. Sein Kopf fällt auf die Brust. Das Röcheln wird schwächer.

Veronica bekommt das nicht mehr mit. Sie packt nebenan ihren Koffer. Ohne einen Blick in das Zimmer des alten Aubach zu werfen, verlässt sie das Haus, verstaut den Koffer im Zweitwagen, krault freundlich die Wolfshunde, öffnet das Tor, fährt hinaus, schließt das Tor, winkt den Hunden und fährt los.

- - -

Um 17 Uhr sind Georg und Käthe am Bahnhof. Ihr Auto steht im Parkhaus. Unverschlossen. Die Schlüssel liegen im Handschuhfach. Um 18 Uhr steht der Notarztwagen vor der Scharadschwaige. Um 19 Uhr der Bestattungswagen.

Der folgende Sonntag verdient seinen Namen im wahrsten Sinne des Wortes. Viele Fahrradfahrer sind unterwegs. Sie haben die Stadt verlassen, um die Natur zu genießen, hier draußen, wo die Scharadschwaige die perfekte Idylle verkörpert.

- - - - - - - - -

[2013]

Das Tagebuch
Erzählung

I

Jonathan kannte Dr. Szekely schon seit seiner Abgeordnetenzeit in Straßburg. Der weißhaarige Allgemeinmediziner galt bei vielen Mitarbeitern des Europäischen Parlaments als die Graue Eminenz in Gesundheitsfragen. Er wurde von vielen Abgeordneten als Blitzableiter für Probleme jeglicher Art geschätzt. Seine Ruhe und Zuversicht ausstrahlende Art bewog besonders junge, ehrgeizige und stressgeplagte Frauen und Männer, ihn in seiner Praxis im letzten Obergeschoss des imposanten Parlamentsgebäudes aufzusuchen.

Jonathan hatte sich wieder mal von Dr. Szekely untersuchen lassen; eine ganz normale Vorsorgeuntersuchung, wie er sie regelmäßig durchführen ließ. Doch heute war damit fast eine Stunde vergangen. Das war mehr als sonst.

Der nur vom Äußeren her greise Doktor strahlte stets gute Laune aus. Die graphischen Aufzeichnungen von Jonathans Herzaktionsströmungen hatten ihm eine launige, auf Liebe anspielende Bemerkung entlockt. Auch das Resultat der Elektroenzephalographie hatte ihn veranlasst, über Hirngespinste zu witzeln.

Als Jonathan sich dann einer Kernspintomographie unterziehen musste, dachte er sich noch, von der Laune des Arztes angesteckt, der Alte wolle ihn wohl in Atome zerlegen. Dr. Szekely war dann aber beim Prüfen seines Blutbildes ernst und ernster geworden.

Jetzt saß der junge Parlamentarier im tiefen Ledersessel vor dem Schreibtisch des Doktors und wartete gespannt auf die Diagnose. Eine leise Vorahnung sagte ihm, dass es diesmal nicht mit ein paar Tabletten und dem üblichen, zur Mäßigung mahnenden erhobenen Zeigefinger ausgehen werde.

Der Arzt hatte schon vor der Untersuchung ungewöhnlich viele Fragen gestellt. Hatte er einen Verdacht? In den letzten Wochen ging es ihm, Jonathan, nicht besonders gut. Er war oft müde, unkonzentriert, lustlos und manchmal sogar tief-

sinnig, obwohl es kaum einen Anlass dazu gab.
Dr. Szekely sagte lange nichts. Dann drehte er sich plötzlich auf seinem Bürostuhl und tat, was Jonathan bei ihm noch nie gesehen hatte. Er griff ins Bücherregal und entnahm ihm ein in abgegriffenes Leder gebundenes Buch. Sehr konzentriert, so als ob er Jonathans Anwesenheit längst vergessen hätte, blätterte er darin. Es verging mindestens eine Viertelstunde, ehe er seine Brille abnahm und in die fragenden Augen des knapp dreißigjährigen Mannes schaute.

„Sie leiden an chronisch myeloischer Leukämie", beendete der Arzt die spannende Ruhe.

„Was ist denn das?"

„Eine Krankheit, bei der die roten Blutkörperchen von den weißen vernichtet werden. Das hört sich lebensgefährlich an, ist es beim heutigen Stand der Medizin aber nicht mehr. Ihr Gesundheitszustand selbst ist es auch gar nicht, der mir Kopfzerbrechen bereitet. Mir ist das bloß alles rätselhaft, weil es diese Krankheit seit vielen Jahren auf der Erde gar nicht mehr gibt. Wie kommt die jetzt plötzlich in Ihren Körper? Es scheint so, als hätte sich irgendein hartnäckiger Erbfaktor über Jahrhunderte durch die Leiber Ihrer Vorfahren geschlichen, um jetzt bei Ihnen seine verheerende Wirkung zu beginnen. Ich hatte auch den Tomographiecomputer während der Kernspintomographie angeschlossen. Der konnte nur mit Mühe den Krankheitsauslöser annähernd identifizieren. Eine Überdosis radioaktiver Strahlen, wahrscheinlich Caesium 137 oder Jod 131, hat den Krankheitserreger produziert."

„Da kann ich mich ja auf eine langwierige Behandlung gefasst machen", meinte Jonathan.

Die Antwort Dr. Szekelys ließ dem jungen Mann dann die Ernsthaftigkeit seiner Lage bewusst werden.

„Die Medizin kennt kein Arzneimittel gegen diese Krankheit. Im 20. Jahrhundert sind viele Menschen an ihr gestorben. Man muss bei Ihnen eine totale Bluttransfusion vornehmen. Kein einziger Tropfen Blut darf in Ihrem Körper bleiben. Ich habe die Computerdaten bereits ans Hospital als Anhaltspunkte für weitere Analysen geschickt. Das Team um Professor Concales ist eines der besten in Europa. Sie können sich natürlich auch ein anderes Krankenhaus aussuchen. Die Transfusion muss aber auf jeden Fall durchgeführt werden. Sonst haben Sie keine Chance. Ich weiß, wie hart das für Sie ist. Es würde Ihnen aber nicht dienen, wenn ich an der Wahrheit vorbeireden würde."

II

Der glänzende Vogel kam mit Überschallgeschwindigkeit direkt aus der Sonne.
„Das ist er!"
„Das ist Papi!"
Die zwei Kinder hüpften vor Freude und klatschten in die Hände. Jonathan setzte seinen Jet gekonnt auf die Landebahn. Es war erst Mittwoch, aber die Parlamentarier hatten schon ihre Osterferien angetreten.

- - -

Die Sonne stand tief über dem Horizont. Jonathan sog die reine Abendluft mit Genuss in die Lunge. Er hätte allen Grund gehabt, glücklich zu sein. Das Häuschen am Stadtrand von Ingolstadt war fertig. Vera machte einen zufriedenen Eindruck. Die Kinder mussten nichts entbehren.

Wäre da nicht diese Geschichte mit der Leukämie. Seine Frau soll, ja muss alles erfahren, und zwar sofort. Allein würde er mit dieser Last über die Ostertage nicht fertig werden.

Jonathans Stimme zitterte leicht, als er dem Geschehen der letzten Wochen einen sprachlichen Zusammenhang gab. Es fiel ihm nicht leicht, war es doch das erste Mal, dass er seiner Frau so lange ein Problem verschwiegen hatte.

Sie saßen in ihrer eingegrünten Gartenlaube und Vera hielt seine Hand. Sie unterbrach ihn nicht, denn die Angst, die sie am Anfang seiner Worte befallen hatte, wurde von der steigenden Gewissheit abgeschwächt. Zuversicht gewann die Oberhand. Die Medizin wird schon alles richten.

- - -

Jonathan atmete ruhig. Es war ihm um vieles leichter. Der

abgeworfene Stein hatte seine Seele befreit und seine Sinne konnten die Umwelt wieder wahrnehmen.

Der Mond war schon aufgestiegen. Hundegebell zeugte von Nachbarschaft. Ein unruhiger Stern zog am Großen Wagen vorbei.

"Schau, ein Raumgleiter, dort, vor dem Großen Wagen", riss Jonathan seine Frau aus ihren Gedanken. Vera war ihm dankbar dafür, denn ihre rege Phantasie hatte sie schon in ein großes, fremdes Hospital entführt.

III

Jonathan war schnell eingeschlafen. Sein Brustkorb hob und senkte sich in gleichmäßigem Rhythmus.

Vera blickte in das ruhende Antlitz. Nur ihre Nachtlampe verbreitete spärliches Licht und verlieh Jonathans Gesicht einen blassen Schein.

Irgendwo am Schwarzen Meer waren sie sich eines Abends begegnet. Und es war Liebe auf den ersten Blick. Auf einer einsamen, im Schilf verborgenen Insel des Donaudeltas haben sie sich ihr Jawort gegeben. Ein Pope mit schneeweißem Bart hatte ihnen den Segen seiner Kirche gespendet. Die Sterne hingen in jener Nacht fast greifbar tief und die Frosch- und Grillensymphonie war das Göttlichste, was sie jemals gehört hatten.

Jonathan studierte damals in München und sie arbeitete in einem Prager Kaufhaus. Die erste Zeit hatten sie sich in Englisch verständigt. Erst nachdem sie zusammengezogen waren und in einem Münchner Vorort ein Appartement bewohnten, lernten sie Deutsch und er Tschechisch.

Nach dem Studium arbeitete Jonathan als Anwalt. Dann zog es ihn in die Politik. Das kleine, ein wenig reparaturbedürftige Häuschen in Ingolstadt hatten sie sich gekauft, weil er im Parlament nicht alt werden wollte. In der Stadt seiner Kindheit, wo seine Vorfahren schon immer gelebt haben, wollte er eines Tages arbeiten.

Dann waren die Kinder gekommen. Sie füllten Veras Leben aus, wenn Jonathan in Straßburg weilte.

Und jetzt? Was ist das für eine geheimnisvolle Krankheit? Wird die Bluttransfusion gelingen? Wenn aber die medizinischen Geräte gerade dann versagen?

Vera spürte, wie eine zerstörende Beklommenheit ihr Herz zu umklammern versuchte. Sie sah einen gesichtslosen Arzt. Seine Stimme kam hinter der großen, weißen Gestalt hervor. Sie klang weich, aber unpersönlich: ‚Es tut mir so leid. Unglückliche Zufälle haben dazu geführt ...'
Oh Gott! Vera biss sich auf die Lippen, um nicht aufzuschluchzen. Wirre, konturlose Gestalten und Dinge beherrschten ihre Gefühle.

- - -

Der vom Schmerz überwältigten Frau waren die Augenlider längst zugefallen. Da stand ein riesiger Sarg in einem tür- und fensterlosen Raum. Die Wände rückten auseinander. Der Sarg wurde immer kleiner. Eine anfangs erkennbare Melodie ging in einen unendlichen Hall über. Finsternis. Stille. Veras Schlaf stieg in die Traumlosigkeit. Auf ihren Wangen trockneten Tränen. Niemand hat jemals von ihnen erfahren.

IV

Jonathan und Vera hatten beschlossen, den Jahreswechsel wieder zu Hause zu verbringen. Seit die Kinder da waren, verbrachten sie die Silvesterabende stets im warmen Wohnzimmer. Heuer lag ihnen besonders viel daran.

Drei Monate hatte Jonathan in der Privatklinik Professor Concales' verbracht. Nicht so sehr seine erfolgreiche Behandlung, als vielmehr die Ursache der ungewöhnlichen Krankheit hatte für Schlagzeilen in den europäischen Medien gesorgt.

Die Vermutung Dr. Szekelys über die möglichen Krankheitserreger haben unter den Genspezialisten widersprüchliche Aussagen hervorgerufen. Vorübergehend war der Begriff Radioaktivität und damit verbunden die Kernenergie, eine selbst aus den Schulbüchern schon seit Jahren verschwundene Energieform, wieder Gesprächsstoff in den

Kreisen der Mediziner und Wissenschaftler geworden. Fast hundert Jahre nach ihrem Ausdienen für die Menschheit hätte sie beinahe ein weiteres Menschenopfer für ihre Dienste gefordert.

Jonathan genoss das Glück seiner Genesung. Die Kinder hingen noch mehr als vorher an ihm und Vera verwöhnte ihn nach allen Regeln der Kunst. Er hatte schon am Nachmittag eine Flasche Krimsekt kaltgestellt. Jetzt frönte er dem Nichtstun, ein Zustand, den er vor seinem Krankenhausaufenthalt nicht kannte, den er jetzt aber umso mehr schätzte. Vieles in seinem Leben hat eine neue Gewichtigkeit erfahren. Mit dankbarem Blick verfolgte er Veras Bewegungen, die sich am Elektroherd zu schaffen machte. Im Hintergrund kamen aus dem Radio soeben die 22-Uhr-Nachrichten.

„Im Hobbyraum ist es aber merkwürdig still", unterbrach der glückliche Familienvater die angenehme Ruhe. „Ich schau mal nach, was die Kinder da unten machen."

Nach einer Viertelstunde kam Jonathan zurück. Er wirkte etwas angespannt. Fast andächtig legte er ein in schwarzes Kunstleder gebundenes Heft auf den Tisch.

„Wolfgang hat Michaela aus diesem Heft vorgelesen. Es scheint ein Tagebuch zu sein", befriedigte er die fragenden Blicke Veras.

Dann setzten sich beide an den Wohnzimmertisch und begannen, die schon leicht vergilbten Seiten durchzublättern. Die Kinder hatten das in gut leserlicher deutscher Handschrift geführte Tagebuch aus dem Koffer genommen, den Jonathans Vater vor einem Monat aus der Wohnung seines verstorbenen Ururgroßvaters gebracht hatte, und der schon wieder vergessen in einer Ecke des Hobbyraumes stand. Auf dem Einband war eine Jahreszahl eingeprägt: 1986. Eine Jahrhunderte zurückliegende Welt tat sich für Vera und Jonathan auf.

- - -

Donnerstag, 1. Mai 1986
Wir sind heute aus Rumänien zurückgekommen. In der alten Heimat sieht es traurig aus. Die Auswanderungsagonie grassiert unter den Deutschen im Land. Ceaușescu bastelt

am kommunistischen Einheitsmenschen. *Angst, Grauen und Hoffnungslosigkeit haben sich auf die Seelen der Menschen gelegt. Viele leben schon stumpfsinnig vor sich hin, nur noch die eigenen Überlebenschancen im eingeschränkten Blickfeld wahrnehmend. Wir müssen Gott dankbar sein, dass wir diesem Seeleninferno rechtzeitig entrinnen konnten. Die Medienzensur hat das Land vollkommen von der Außenwelt abgeschnitten. Erst heute in den frühen Morgenstunden, als wir uns in Jugoslawien der österreichischen Grenze näherten, erfuhren wir aus den Nachrichten des Österreichischen Rundfunks, dass in der Nacht vom 25. auf den 26. April in einem Kernkraftwerk nördlich der sowjetischen Stadt Kiew eine Explosion Teile des Kernreaktors zerstört hat und radioaktive Strahlungen freigesetzt wurden.*

Freitag, 2. Mai 1986
Wir machen uns Sorgen. Es wird hier so viel über diesen Unfall in Tschernobyl geredet und geschrieben. Die Regenwolken sollen die radioaktiven Elemente bis nach Bayern transportiert haben. Überall hört man Warnungen. Die Kinder sollen nicht mehr im Sand spielen. Obst und Gemüse sind verseucht. Auch die Milch von den Bauernhöfen sei mit Radioaktivität belastet. Am vergangenen Wochenende sind über das Banat schwere Oststürme gezogen. Es hat sintflutartig geregnet. Am Montag, Dienstag und Mittwoch war dann wieder das schönste Wetter. Wolfgang hat die ganze Zeit draußen gespielt. Er ist mit den Nachbarskindern durchs ganze Dorf gerannt. Gleich nach den Gewitterregen haben sie Dämme in den Wassergräben gebaut. Evi ist schwanger. Sie hat dort unten nur frische Kuhmilch getrunken. Die Kühe werden täglich auf die Weide getrieben. Das Banat liegt immerhin 1000 Kilometer näher zum Unglücksort als Bayern.

Samstag , 3. Mai 1986
Wir sind sehr beunruhigt. Ich habe beim Roten Kreuz angerufen und unsere Situation geschildert. Dort ist man anscheinend ratlos. Man hat uns geraten, beim Strahleninstitut

in München anzurufen. Auch dort wurden wir nicht gescheiter. Die haben uns geraten, einen Frauen- und einen Kinderarzt aufzusuchen. Wir könnten aber unbesorgt sein, denn eine akute Gesundheitsgefährdung sei zu keiner Zeit vorhanden gewesen, wahrscheinlich auch nicht im Banat. So ein Schwachsinn. *Warum kann man dann außer Warnungen vor radioaktiver Verseuchung nichts mehr lesen und hören?*

- - -

Wortlos überflogen sie Zeile um Zeile, um immer wieder auf den 1. Mai zurückzukommen. Mehr als eine Stunde war so vergangen. Dann fragte Vera plötzlich: „Hast du Dr. Szekely auch zu Neujahr geschrieben?" Jonathan glaubte, einen Vorwurf in der Frage zu vernehmen.

„Nein. Ich wollte ihn morgen früh über die Web-Kamera kontaktieren und mich ein wenig länger mit ihm unterhalten. Aber ich werde ihm sofort eine Mail schicken und diese drei Tagebuchseiten gleich mit."

Jonathan ging in sein Arbeitszimmer und sandte des Rätsels endgültige Lösung, versehen mit den herzlichsten Neujahrswünschen der ganzen Familie, an Dr. Szekely.

Erst dann fiel sein Blick auf die alte Wanduhr: 23:30 Uhr. Daneben hing schon der neue Kalender mit der Umschlagaufschrift PROSIT 2255!

--- --- ---

[1991]

Versuch einer autobiographischen Skizze

Als ich im Jahre 1953 zur Welt kam, war der Tag kaum älter als ich. Es war kurz nach Mitternacht. Der genaue Zeitpunkt meines Erscheinens war nämlich sehr wichtig, wie sich 19 Jahre später herausstellen sollte. Meine Oma hatte sich auch die Stunde meines Kommens ganz genau gemerkt. Das war insofern von größter Bedeutung, als in jener denkwürdigen Nacht zwei weitere Knaben das Petroleumlicht der Welt erblickten.

Die Kinder wurden damals noch im Dorf – das Entbindungsheim lag in der Grabengasse – geboren. Am gleichen Tag machte stets die frohe Kunde von der Ankunft der Neugeborenen die obligatorische Dorfrunde.

- - -

„Toni, gehst net aus dem Grawe!"

Das fiel mir natürlich gar nicht ein, hatte ich doch erst die neuen Gummistiefel bekommen, und wo konnte man die dienlicher einsetzen als beim Bau eines Dreckdammes im Wassergraben. Dass es uns einmal sogar gelungen war, das dreckige Regenwasser in den Zinksbrunnen zu leiten, spricht für die Qualität unserer hydrotechnischen Bauwerke. Für die Entrüstung der Erwachsenen, die für ein paar Tage auf ihr quellklares und kühles Zinksbrunnenwasser verzichten mussten, konnte weder ich noch irgendeiner meiner tüchtigen Mitstreiter auch nur das geringste Verständnis aufbringen.

Das Gewitter verzog sich mit einem Regenbogen im Osten.

„Heert dehr net? Schaut mol wie schwarz iwer der Kerch is. Des Wedder kummt bestimmt zrick."

Natürlich wussten wir längst, dass die meisten Sommergewitter im Westen auf- und im Osten über dem Kirchturm abzogen. Wir, das waren ein halbes Dutzend Lausbuben, und die Mahnung kam von einer Oma. Diesmal war es meine, nach einem anderen Regen eine andere. Diese Szene wiederholte sich einige Male in langen heißen Sommern.

So tastete ich mich nicht nur als Baumeister, sondern oft

auch als Indianerhäuptling, Räuber, Cowboy und Seemann durch Gassengräben, Dorfkaulen, über Dämme und Wiesen, durch Weingärten und Flure hinein ins Leben, ohne dabei die vertraute Umgebung Jahrmarkts je verlassen zu haben: eine sorgenlose Kindheit, mit viel Sonnenschein und hohem Schnee, und mit umsichtigen, stets um unser Verbleiben besorgten Großeltern.

Die Eltern waren auch noch da, aber nur abends. Meistens waren sie dann müde und hatten Probleme, von denen ich nichts verstand.

Nur ein Übel hatte ich – nicht lautstark, nur für mich – ganz leise in meiner kleinen Seele zu beklagen: die Schule. ... Das war eine Plage ... Erst als Geschichte im Stundenplan auftauchte, wurde es allmählich interessanter. Die Dacker und Römer hatten es mir in den Stunden des Speck-Lehrers angetan.

Mit elf Jahren schickte Vater mich zu Kapellmeister Kaszner in die Akkordeonlehre. Ein zweiter Leidensweg ward beschritten. Trotz aller Unlust und auch heimlicher Tränen machte der „Vedder Hans" aber doch noch einen Musikanten aus mir, der nun schon seit mehr als dreißig Jahren musiziert, und das sogar mit Freude.

- - -

In meinem fünfzehnten Lebensjahr war es mit dem Kindsein brüsk zu Ende. Etwas lernen, stand auf der Tagesordnung. Die Jugend in Deutschland hatte die Hörsäle verlassen und stand auf den Barrikaden. Ein anständiges Fach wäre besser als irgendetwas „Gschultes", meinten die Eltern. „Un vleicht fahre mer aah mol uf Deitschland", hörte ich sie sagen. Um mir aber nähere Gedanken darüber zu machen, hatte ich damals wahrlich keine Zeit.

So wurde ich zur Aufnahmeprüfung ins Fachlyzeum für Maschinenbau eingeschrieben. Die Tatsache, dass unser Nachbar dort Chemielehrer und director adjunct (stellvertretender Direktor) war, spielte bei dem Entschluss der Eltern natürlich eine wichtige Rolle. Mir selbst war das ziemlich egal, obwohl auch das deutsche Lyzeum damals zur Debatte stand.

Heute weiß ich, dass in mir ein Spätzünder steckt. Ich war mit 15 noch viel zu sehr Kind und hatte kein Mitbestimmungsinteresse am Thema Zukunft. Der gute Nachbar hat dann auch seinen Einfluss bei der Prüfungskommission geltend gemacht, denn mein Rumänisch war äußerst dürftig. Die Qual begann von vorne. Das einzig Positive an diesem immerhin fünf Jahre währenden Schulbesuch war, dass ich zwangsläufig anständig Rumänisch lernte – es blieb natürlich ein gelerntes, auch heute noch sperrig klingendes Schulrumänisch - und Berührung mit der rumänischen Literatur bekam.

Bis zur 8. Klasse lernte ich Englisch, ab der 9. Russisch. Fazit: Nach dem Bakkaulareat konnte ich weder das eine noch das andere. Deutsch war im Lyzeum als zweite Fremdsprache vorgesehen. Schon in der zweiten Stunde flog ich aus der Klasse, weil ich mir ein schäbiges Grinsen über den Sprachakzent der rumänischen Deutschlehrerin nicht verkneifen konnte.

So ging's, mehr schlecht als recht, bis zu jenem neunzehnten Jahr nach meiner Geburt. Da war ich gerade in der 12. Klasse und längst kein schüchternes Greenhorn mehr unter den rumänischen, deutschen, ungarischen und serbischen Klassenkollegen, als das Lernen ganz anderen, „lebenswichtigen" Problemen weichen musste.

- - -

An Pfingsten wurde in Jahrmarkt immer die erste „Kerweih" des Banats gefeiert. Vortänzer war seit eh und je der Älteste der Rekruten. Natürlich sollte auch in jenem Jahr 1972 das Primat des Erstgeborenen gelten. Neunzehn Jahre zuvor kamen in einer Februarnacht aber gleich drei Buben „als erste" zur Welt.

„Unser Toni is de ältst", behauptete meine Oma. „Ich kann mich genau erinnre. Die Hewwamin hot in aller Frieh an unser Stuwwefenster gekloppt un geruf: Dehr hot was Kloones. Des is de eerscht Bu forr desjohr."

Einer der zwei anderen Vortänzeranwärter hatte aber auch eine Oma mit scharfem Gedächtnis und da die Hebamme schon im Jenseits weilte, war der Streit vorprogrammiert. Dabei ging es vordergründig gar nicht darum, wer der Vortänzer werden sollte. Schon seit Jahren trugen im Dorf zwei „Musikparteien" einen gnadenlosen Konkurrenzkampf aus. Die zwei im Rennen verbliebenen Gernevortänzer – von drei gab es immerhin einen vernünftigen – waren beide Musikanten, einer beim Loris und der andere beim Kaszner. Also hatte jeder eine Partei hinter sich, die mit allen Mitteln um die „Kerweihmacht" im Dorf kämpfte.

Das Vortänzerproblem an sich war sehr bald von dem längst pressereif gewordenen „Musikantenkrieg" in die Bedeutungslosigkeit verbannt worden. „Wer spillt desjohr die Kerweih?", war so wichtig wie „Sein oder Nichtsein". Nordirland ließ grüßen und der Balkan blickte gespannt auf Jahrmarkt.

Ich steckte in diesem Schlamassel und hatte nicht die Kraft, mich aus ihm zu lösen. Im Gegenteil, ich ließ mich von den aufgestauten Emotionen mitreißen und kämpfte heldenhaft bis zum „Endsieg".

Was danach kam, war ein unerträgliches Eckelgefühl. Es wurde mir plötzlich bewusst, wie tief Menschen in ihrer Eitelkeit, in ihrem irrealen Machtstreben, in ihrer Protzerei sinken konnten.

Zum Glück hatte ich schon zwei Jahre vorher zur Feder gegriffen, um meine Gefühle und Gedanken „jemand" anvertrauen zu können. Diese personifizierten Papierblätter wurden mir bald zu duldsamen Vertrauten, denen ich all meine Gefühlswallungen, sowohl erbauliche als auch depressive, anvertrauen konnte. Was ich an ihnen so sehr schätzte, war nicht nur ihre Verschwiegenheit (schließlich waren sie in meinem Schulhefte und –bücherchaos vor fremden Blicken sicher), sondern vor allem ihre Unfähigkeit, zu widersprechen. Ihnen gegenüber behielt ich schon damals immer Recht.

- - -

Mittlerweile sind viele Jahre ins Land gezogen. Blatt und Feder sind meine Weggefährten geblieben. Erlebtes, Erträumtes, Erhofftes, Erlittenes und in den letzten Jahren immer mehr auch Erinnertes habe ich versucht in Tagebüchern und auf losen Blättern in mehr oder weniger realistischen und manchmal auch metaphorischen Satz- und Versformen festzuhalten. Die Sprache, in der ich das tat, wählte ich mir nie aus. Ich bediente mich jeweils jener, die sich mir im Augenblick hingab, ganz gleich, ob das Deutsch, Rumänisch oder eben „Johrmarkrisch", der Dorfdialekt, war. Und dabei hatte ich nie das Gefühl, fremdzugehen.

An einem Herbsttag, als die Wolken drohten, das Dorf zu erdrücken, wanderten meine Tagebücher in einem Augenblick instinktiver Gefahrenwahrnehmung in den alten Backofen, den Großvater gerade zum Brotbacken schürte. Die Gedichte haben überlebt und sind alle als Briefe in der Bundesrepublik (noch in der epoca Ceauşescu) angekommen.

- - -

Ende und Anfang lagen für uns Banater Schwaben schon immer eng beieinander. Für mich vollzog sich beides zwischen Weihnachten und Neujahr 1984.

- - - - - - - - -

[Ingolstadt, 1999]

Nachwort

Wer in diesen kurzen Texten schmökert, den einen oder anderen vielleicht sogar mit mehr oder weniger Gewinn, Zustimmung oder Ablehnung liest, wird schnell spüren, dass hier ein Mensch seinen Kugelschreiber, selten war es auch ein Bleistift, in aller Eile übers Papier eilen ließ.

An die Entstehungsgeschichte des einen oder anderen Textes konnte ich mich noch erinnern, als ich vor einigen Wochen den alten Ordner – nein, es ist eine schon ziemlich verschlissene Mappe aus Pappkarton – aus einer Schublade im Keller nahm und mich an die Abschrift seines Inhaltes machte.

Auf einem vergilbten Blatt steht unter dem Text: „Gib das bitte in meinen Dossar!" Natürlich war damit Dossier gemeint. Dieser „Dossar", dieses Dossier, enthielt damals schon einige meiner Gedichte. Und er/es lag in einem Schrank bei meiner Schwester in Ingolstadt und wartete auf den Schöpfer seines Inhaltes, der sich hinter dem Eisernen Vorhang um seine Ausreise bemühte.

Das vorige Jahrhundert war auch ein Jahrhundert des Wartens: Warten auf die Heimkehr aus dem Krieg, warten auf die Heimkehr aus der Deportation, warten auf die Auswanderung. Und auf die andere Seite des Eisernen Vorhangs nahm dann jeder seine eigenen Erwartungen mit.

Als ich meinen „Dossar" wieder in den Händen hielt, wusste ich, dass ein Lebensabschnitt für mich beendet war. Heute, knapp 30 Jahre später, weiß ich, dass die Abdrücke jener Lebensjahre nicht endgültig getilgt werden konnten. Einige haben in diese kurzen Prosastücke Eingang gefunden.

Auf der Rückseite (eigentlich der Vorderseite) eines anderen klein beschriebenen Blattes – man sieht der Schrift regelrecht die Eile an – sind Begriffe gedruckt wie: Kühlschmierstoffwartung in Einzelanlagen, Kostenstelle, Inventar Nr., Maschine, Kühlschmierstoff, Inhalt, Material Nr., Konzentration, KW, Refraktom.-Wert, pH-Wert, Nittrit-Wert, Nachfüllmenge, Wechsel, Bemerkung, Datum/Unterschrift. Auf anderen „Manuskriptrückseiten" stehen verschiedene nur von Eingeweihten entzifferbare Zahlen- und Buchstabenkombinationen.

Es ist bestimmt nicht schwer nachvollziehbar, dass auf solchen Papierstücken, einige mit öligen Fingerabdrücken versehen, nur schnelle Texte entstehen konnten, Worte des Augenblicks, oft jeglicher Satzzeichen abhold, Texte, deren Ursprung in so literaturfernen Umgebungen niemand vermutet. Und doch sind sie entstanden. Vielleicht ist es gerade dieser Umstand, der sie für den einen oder anderen Leser lesenswert erscheinen lässt.

Was Sie, werte Leserinnen und Leser, hier gelesen haben, ist fernab jedweden akademischen Literaturanspruchs entstanden. Ich hoffe, dass der Schaden, den ich damit angerichtet habe, sich in Grenzen hält. (Einige der Texte sind in den zurückliegenden Jahren schon in Zeitungen, Zeitschriften und Kalendern erschienen. Verursachte Schäden sind mir bisher nicht zu Ohren gekommen.)

Ingolstadt, 30. Dezember 2013
Anton Potche

Bücher von Anton Potche

Tausend Kilometer westwärts
Roman
Books on Demand, Norderstedt 2015
ISBN: 978-3-7347-5807-2
(auch als ePUB-eBook und Kindle-eBook)

Die Gretchenfrage nach der Gräte
Schauspiel in zwei Akten
Amazon 2016, Kindle-eBook